Boehmer, W

Die belagerungen Stettins - Seit dem Anfange des zwoelften Jahrhunderts.

Boehmer, Wilhelm

Die belagerungen Stettins - Seit dem Anfange des zwoelften Jahrhunderts.

Inktank publishing, 2018

www.inktank-publishing.com

ISBN/EAN: 9783750134799

Die

Belagerungen Stettins

seit dem Anfange

des Zwölften Jahrhunderts.

Zur Feier

des fünften Decembers

beschrieben

von

einem Mitgliede der Gesellschaft für Pommersche Geschichte
und Alterthumskunde.

Stettin, 1832.

Gedruckt bei H. G. Effenbart's Familie.

Vorwort.

Alljährlich am 5ten December feiert unsere Stadt ihre Befreiung aus den Händen der Franzosen im Jahr 1813. Die Absicht dieser Blätter ist, bei Gelegenheit dieses Festes den Bewohnern Stettins das ganz erloschene Andenken an einige merkwürdige Begebenheiten ihrer Vorzeit zu erneuern, und dadurch zum Theil ihre nächsten und täglichen Umgebungen ihnen wieder bedeutsamer zu machen. Es ist vielfach wohlthuend, wenn die Plätze und Gebäude, die Felder und Gewässer, an und auf denen wir täglich verkehren, nicht ganz todt und stumm gegen uns bleiben, sondern auch ihrerseits von Menschen und Thaten redend, die der Erinnerung werth sind, in lebendige und vertrauliche Wechselwirkung mit uns treten. So sollte und könnte es sein. Allein das Band, das uns an unsere Vorzeit bindet, ist leider seit lange zerrissen. Die alten Geschlechter sterben hin, aus allerlei Volk fließen neue und wieder neue zusammen, und der Strom frischer Ereignisse schwemmt das Andenken der älteren hinweg. Verstummet nun gar die Geschichte, wie aus ganz natürlichen Ursachen bei uns seit 2 Jahrhunderten geschehen ist; so werden die Bürger Fremdlinge auf ihrem eigenen Boden; verworrene Sagen treiben sich spärlich unter ihnen umher, und am Ende melden sich gar Auswärtige mit dem Erbieten, uns unsere einheimische Geschichte zu erzählen. Doch von dorther ist kein Heil zu erwarten. Würden dagegen die reichen historischen Quellen, die in unserer Mitte ungenutzt fließen, von Sachkundigen eröffnet; würde außerdem eine Sammlung aller Schriften und Nachrichten, die auf unsere Stadt Bezug haben, durch Rath und Bürgerschaft eigens gegründet und gepflegt, welches mit unbedeutenden Kosten allmählig zu beschaffen wäre; bildete sich zur Unterstützung einzelner Forscher eine besondere völlig zwanglose Gesellschaft für die Geschichte Stettins: dann, aber auch dann vielleicht erst würde es möglich sein, eine wahrhafte und würdige Geschichte unserer Stadt zu entwerfen. Und über den Reichthum und anziehenden Inhalt derselben dürfte man erstaunen, wenn ihr das Glück zu Theil würde, einen lebendig anschauenden und glücklich darstellenden Erzähler zu finden. Man lese nur in diesem flüchtigen, formlosen und seiner Natur nach völlig anspruchlosen Versuche die Belagerung von 1677, und man wird vielleicht aus der Fülle des trefflichen Stoffes eine Ahnung erlangen von der Wahrheit der eben ausgesprochenen Behauptung.

Bei Abfassung dieses Büchleins sind soviel als möglich gute Quellen benutzt worden, und zwar mit Behutsamkeit, doch nicht mit der weitgreifenden und mühsamen Sichtung einer streng wissenschaftlichen Arbeit. Dazu fehlte es an Anlaß, an Zeit und an Hülfsmitteln. Je näher unseren Tagen, desto mehr mangeln ausgearbeitete Erzählungen; an deren Stelle dann reiche Vorräthe von Akten und die Erfahrung des noch lebenden Geschlechtes treten. Diese letzte Quelle nach Wunsch zu benutzen, war für jetzt nicht ausführbar. — Berichtigungen und Ergänzungen werden dem Verfasser für eine künftige Umarbeitung willkommen sein. In Bezug auf die älteren Zeiten ist zu bemerken, daß das Datum immer in die Zahlen des neuen Kalenders umgesetzt ist.

Herzlich freuen würde sich der Verfasser, wenn er durch diese Skizzen die Liebe zum vaterländischen Boden und zu dessen Geschichte hie und da anregen sollte. Diese Liebe ist mit allen, auch den höchsten Richtungen der Wissenschaft und des Lebens nicht nur verträglich, sondern dienet sogar, denselben mehr Frische und Fruchtbarkeit zu verleihen.

Stettin, den 28. November 1832.

Belagerungen Stettins.

Auch Blokaden, Ueberfälle und gütliche Ueberlieferungen (N. 7. 12.)
sind unter diesem Namen begriffen.

1.	Durch die Polen unter Boleslav	. im Jahr	1107. (?)
2.	Durch die Polen unter Boleslav	. =	1124.
3.	Durch Sächsische Kreuzfahrer . .	=	1147.
4.	Durch die Dänen unter Waldemar dem Großen	=	1176.
5.	Durch Deutsche	=	1221. (?)
6.	Durch die Brandenburger unter Markgraf Friedrich 2.	=	1468.
7.	Durch die Schweden unter GustavAdolph	=	1630.
8.	Durch Kaiserliche und Brandenburger unter de Souches	=	1659.
9.	Durch die Brandenburger unter dem Großen Churfürsten	=	1676.
10.	Durch Brandenburger und Lüneburger unter dem Großen Churfürsten .	=	1677.
11.	Durch die Russen und Sachsen unter Menzikof	=	1713.
12.	Durch die Franzosen unter Mürat .	=	1806.
13.	Durch die Preußen unter Tauentzien .	=	1813.

----

1. Eroberung Stettins durch die Polen im Jahr 1107. (?)

Dlugoß 1, 363.   Kanngießer Gesch. v. Pommern S. 415.

Bei den Heereszügen, welche im Anfange des zwölften Jahrhunderts der rüstige Herzog von Polen Boleslaus Krzivousti (Schiefmund) unternahm, um Pommern seinem Vaterlande zu unterwerfen, und in den Schooß der Christlichen Kirche zu führen, ist Stettin ein oder zweimal von den Polen erobert worden. Ob die erste Eroberung, die man ins Jahr 1107 setzt, wirklich statt gefunden habe, bedarf noch einer genaueren Untersuchung. Bis jetzt beruhet ihre Annahme blos auf der Vermuthung eines sachkundigen Gelehrten, welcher aus manchen Gründen glaubt, daß in einem Polnischen Geschichtschreiber der Name Sczecino Stettin bedeute. Es sei vergönnt, diese Ansicht mit den Worten ihres Urhebers (P. F. Kanngießer) zur weiteren Prüfung hier mitzutheilen.

„Zu den widerspänstigen Städten gehörte die Stadt und Festung Sczecino. — Boleslaus griff also Stettin an, welcher Name wahrscheinlich erst aus Sczecino entstanden ist. Es war dies eine Stadt mit einem dazu gehörigen Schlosse, die sich durch Größe, Festigkeit und Freiheitsliebe auszeichnete, und in dieser Gegend dieselbe Rolle spielte, welche Belgard in Kassubien übernommen hatte. Dies konnte nur Stettin sein. — Nachdem Boleslaus bei derselben sein Lager aufgeschlagen hatte, wurde unter ihren Mauern hartnäckig gefochten, und endlich ein Sturm auf die Stadt und Festung gerichtet, welcher den ersten

1

und zweiten Tag und noch mehrere Tage hintereinander
abgeschlagen wurde. Endlich scheint sich die Stadt durch
Vergleich ergeben zu haben. Denn es wird gemeldet,
daß zwar die Stadt erobert, die Einwohner unterworfen,
jedoch aus den angesehensten Männern der Stadt Geißeln
gestellt wären, welches andeutet, daß sie nicht mit stürmender Hand bezwungen wurde, sondern sich durch Unterhand-
lung mit dem Sieger verglich. Zugleich aber ist daraus,
daß die Stadt Geißeln geben mußte, zu erkennen, daß sie
groß, volkreich und mächtig war, und einen Wiederabfall
besorgen ließ, den Boleslaus durch Wegführen der vornehmsten Männer verhindern wollte. — Die tapfere Gegenwehr Sczecino's, das einzige Beispiel von hartnäckigem
Widerstreben, welches in dieser Gegend gegeben wurde; die
Bürgschaft, welche sie für ihre künftige Treue stellen mußte,
und endlich die Wichtigkeit, welche auf sie gelegt wird,
zeigen zur Genüge, daß diese Stadt Stettin war."

Auch bei den heutigen Polen heißt Stettin: Szczecin
(gesprochen Schtschetschin).

2. Eroberung Stettins durch die Polen im Jahr 1121.

Anonymus v. Jasche B. 2, 5 p. 290. Kantzow 1, 83.
Kanngießer 511.

Als nun derselbe Boleslaus, Herzog von Polen, unter
beständigen Kämpfen stark geworden war, wiederholte er
i. J. 1121 mit entscheidendem Nachdruck seine Züge nach
Pommern, nahm Julin, Stettin und andere der wichtigsten
Städte ein, und drang den Westpommern das Versprechen
ab, sich dem Christenthume geduldig zu unterwerfen. So
bahnte er mit dem Schwerdte den Weg für den Friedens-
boten Otto, welcher drei Jahre später in den verheerten
Gegenden auftrat, und durch den glücklichen Erfolg seiner
Sendung den ganzen Zustand des Landes erfreulich und

auf die Dauer veränderte. Die Nachricht über Boleslaus erwähnten Zug, der wir freilich mehr Ausführlichkeit wünschen möchten, lautet in der Erzählung eines zuverläßigen Zeitgenossen etwa folgendermaßen.

„Als Boleslaus von Polen alle seine Angelegenheiten nach Wunsch geordnet hatte, begann er Pommern durch häufige Einfälle zu beunruhigen und zu verheeren. Da nun die Bewohner desselben am Heidenthume festhielten, suchte der Herzog sie entweder gänzlich aufzureiben, oder mit dem Schwerdte zum Christlichen Glauben zu zwingen. Sie aber vertraueten auf ihre Stärke, und auf die vielen Städte und Burgen, die mitten in ihrem Lande lagen, und durch Natur und Kunst gleich fest waren. Sie hielten sich daher für unüberwindlich, flüchteten ihre Habe in diese festen Plätze, und griffen zu den Waffen. Doch da es Gott gefiel, einige von ihnen zu verderben, um die übrigen zum Glauben zu bekehren; so ließ er dem Boleslaus Kraft und Geist wider sie, daß er ihnen häufig bedeutende Niederlagen beibrachte. Auch die Stadt der Stetiner griff er an, welche von Sümpfen und Wassern rings umgeben war. Sie galt für durchaus unzugänglich jedem feindlichen Anfalle, und war die Hauptstadt des gesammten Pommerns. Doch führte Boleslaus sein Heer zur Winterzeit nicht ohne Gefahr über das Eis, und unterwarf sich Stetin durch einen überraschenden Schlag.“

„Auch Vadam (Damm), eine feste und starke Stadt, brach er nieder, zündete sie an, und verwüstete weit und breit jene Landschaft mit Feuer und Schwerdt, dermaßen, daß die Trümmer, die Brandstätten und die Leichenhaufen der Erschlagenen nach drei Jahren noch hie und da den Anblick gewährten, als sei so eben eine Schlacht vorgefallen.“

„Bei diesen Eroberungen der Städte war das Verfahren gegen die Besiegten sehr strenge; und die etwa der Herzog

von Tod und Knechtschaft lossprach, waren froh, wenn sie
mit ihren Fürsten sich eidlich zum Christenthum und zur
Zinsbarkeit gegen den Sieger verpflichten durften. Es
sollen aber in diesen Kämpfen die Polen 18000 streitbare
Männer niedergehauen, und 8000 Männer samt den Weibern und Kindern als Gefangene in ihr Land geschleppt haben.
Sie vertheilten dieselben in Städte und Burgen an die
gefährlichsten Stellen ihrer Grenzgebiete. Dort mußten sie
ihnen das Land schützen helfen, und mit den Grenzvölkern
Krieg führen. Auch war es ihnen zur Pflicht gemacht,
den Götzen zu entsagen, und sich in allen Stücken dem
Christlichen Glauben gemäß zu halten."

3. Belagerung Stettins durch Sächsische Kreuzfahrer im Jahr 1147.

Vincentii Canonici Pragensis Chronicon, in: Dobneri monumenta historica Boëmiae. Pragae 1764.

„Im Jahr 1147 entstand eine gewaltige Gährung
unter den Christen. Die Kirche von Jerusalem wollten
sie vertheidigen gegen den König von Babylon. König
Ludwig von Frankreich, früher denn Alle angeregt durch
die Predigt Bernhards von Clairvaux, — eines Mannes
von unbescholtenem Wandel, der zur Bekräftigung seines
Wortes auch viele Kranke durch sein Gebet geheilt haben
soll, — nahm das Kreuz im Namen Gottes zum Zuge
über das Meer; und mit ihm die meisten Fürsten, Grafen
und Herren seines Landes. re. (Ein gleiches thaten König
Konrad und Wladislav, Herzog von Böhmen.)"

„Auch Heinrich, Bischof von Mähren, ergriff für
Christi Namen das Kreuz, und mit vielen Sächsischen
Bischöfen und vielem Kriegsvolk der Sachsen, zog er aus
nach Pommern, um die Pommern zum Christlichen Glauben zu bekehren. Als sie nun zur Hauptstadt des Landes,

Namens Stetin, gekommen waren; umringten sie dieselbe, so gut sie konnten, mit gewaffneter Macht. Die Pommern aber stellten Kreuze aus auf die Wälle der Festung, und schickten Gesandte samt ihrem Bischofe Albert, welchen Otto, ihr Bekehrer zum Christlichen Glauben, ihnen gegeben hatte, zu den Kreuzfahrern; und fragten: „warum sie also mit gewaffneter Hand heranzögen? Kämen sie, den Christlichen Glauben zu befestigen, so hätten sie dies durch die Predigt der Bischöfe, nicht durch die Waffen beginnen sollen." Doch die Sachsen hatten mehr, um ihnen ihr Land zu nehmen, als um der Befestigung des Christlichen Glaubens willen, so viel Volk aufgebracht. Daher denn die Sächsischen Bischöfe, als sie jene Rede vernahmen, mit dem Fürsten (der Pommern) Ratibor und dem Bischofe Albert über einen friedlichen Ausgang der Sache sich beriethen. Und mit Verlust vieler Soldaten kehrten sie heim samt ihrem Fürsten. Denn da Gott nicht in der Sache war, so hielt es sehr schwer, dieselbe zu einem guten Ende zu bringen." —

Dieser Schluß und einige andere Wendungen der Erzählung scheinen wirkliche Angriffe auf die Stadt, und unglückliche Gefechte der Kreuzfahrer vor derselben anzudeuten.

4. Belagerung Stettins durch die Dänen im Jahr 1176.

Saro B. 14 S. 526. Ausg. v. Kloß. — Kantzow 1, 191. — Kombst zur Knytlinga Saga, in den Baltischen Studien 1. 73, 92.

Der Christliche Glaube war durch Boleslaus und Otto von Bamberg in das Land unserer Väter eingeführt; die Polenkriege hatten aufgehört, und an ihre Stelle war ein langwieriges Ringen Pommerns mit Dänemark, seiner Nebenbuhlerin zur See, getreten. Es endete dasselbe vorläufig mit der demüthigenden Unterwerfung Herzog Bogislav des Ersten von Vorpommern unter die Hoheit des Dänischen

Königs Kanut des 4ten; bis nachfolgende Zeiten das be=
zwungene Land wieder frei machten. — Vor Kanut schon
hatte der Dänische König Waldemar der Große
(1157 — 82) mit wechselndem Glück eine Reihe von Zügen
nach Pommern unternommen; deren einer die berühmte
Zerstörung Arkona's und die Bekehrung der Rügianer zur
Folge hatte; ein anderer ihn bis vor Stetin führte, und
nach vergeblicher Belagerung mit der gutwilligen Unter=
werfung dieser Stadt geendet zu haben scheint. Saro
Grammatikus, ein Dänischer Geschichtschreiber und Zeitge=
nosse Waldemars, erzählt diese Belagerung Stetins unge=
fähr wie folget.

„Kasimir und Bogislav (die Fürsten Vorpommerns)
hatten aus Furcht vor der Macht der Dänen, ihr freies
Land Heinrich dem Löwen, dem Sachsenherzoge, unterworfen.
König Waldemar indessen, überzeugt, daß diese Hülfe
den Slaven wenig nutzen werde, und beiderlei Feinde ver=
achtend, zog mit einer wohlgerüsteten Flotte gegen Ste=
tin, die älteste Stadt Pommerns. Bischof Abfalon,
des Königs heldenmüthiger und kluger Feldherr, schiffte
voran; hatte jedoch einen Führer, der es mit den Stetinern
gut meinte, und ihn durch die entlegeneren Strömungen der
Oder mit Zeitverlust umherfahren ließ; so daß, während die
übrigen Schiffe gerades Weges die kürzere Fahrt verfolgten,
die Ordnung des Zuges sich umkehrte, und der Bischof
zuletzt vor der Stadt anlangte."

„Stetin aber ist ausgezeichnet durch die Höhe seines
Walles und durch Natur und Kunst so fest, daß es bei=
nahe für uneinnehmbar gelten könnte. Daher es sprüch=
wörtlich geworden, von dem, der sich ohne Grund sicher glaubt,
zu sagen: Er sitze nicht so sicher, wie hinter den
Wällen von Stetin. Die Dänen machten sich an die
Belagerung der Stadt mit Hoffnungen, welche ihre Kräfte

überschritten. Da sie bemerkten, daß ein Theil der Be-
festigungen aus feuerfangenden Stoffen bestände; so verfer-
tigten sie aus Stäben und Ruthen kleinere Flechtwerke, welche
sie zur Abwehrung der Geschosse als Schilde sich vorhiel-
ten, und unter deren Schutze sie mit Hacken sich in den
Erdwall eingruben, um durch Minen sicher Feuer anlegen
zu können. Der König schritt zum Sturme, und ließ die
umzingelnden Truppen ohne Belagerungsmaschinen an die
Festung rücken. Nur den Bogenschützen und Schleuderern
war es möglich, die hohen Mauerthürme zu erreichen, deren
Steilheit allen Zugang verwehrte. Doch fanden sich einzelne Jünglinge, welche, um Ruhm zu gewinnen, blos von
ihren Schilden gedeckt, die Zinnen der Mauern erstiegen.
Andere, die Vorkämpfer des Feindes nicht scheuend, machten
sich mit Beilen an die Thore, welche auf den Boden herab-
reichten; und diese hatten weniger Gefahr zu bestehen, als
die, welche aus der Ferne fochten, weil von außen eine
solche Menge von Geschossen auf die Feinde (die Pommern)
zusammenströmte, daß dieselben von den Wällen her nur die
Entfernteren sehen und bekämpfen konnten. Daher kam es,
daß diesmal Kühnheit Leben, Feigheit Tod brachte, und daß
Nähe mehr Sicherheit gab als Entfernung. Dagegen wurden durch die Dänischen Waffen nicht nur die, welche vorn
stritten, sondern auch innerhalb der Stadt die übrigen Einwohner getroffen, da der ungewisse Wurf das Geschoß
oft über die Festungswerke hinwegführte. Nichts brachte
aber gegen die Menge der Belagerer die angegriffenen
Pommern mehr in Nachtheil, als ihre eigene geringe Zahl,
da ihre Anstrengungen nicht durch merklichen Erfolg be-
lohnt wurden."

„Befehlshaber in der Stadt war Wartislav, den
man für einen Verwandten des Bogislav und des Kasimir
ausgab. Die Gesinnung dieses Mannes hatte nichts ge-

mein mit dem Geiste seiner Mitbürger, und er glühete so
von Eifer, den Christlichen Glauben zu verbreiten und zu
verherrlichen, daß man sich kaum erklären konnte, wie er
aus Slavischem Blute entsprossen, und auch sonst nicht über
die Bildung der Barbaren erhaben war. Doch um sein
dem Aberglauben ergebenes Volk von dem Irrthume ihres
Gottesdienstes abzulenken, und zur Milderung ihrer grau=
samen Härte ihnen ein Vorbild vor Augen zu stellen; rief
er Männer, die sich dem Mönchsleben geweihet hatten, aus
Dänemark, bauete ihnen auf seinem Landgute ein Kloster
(Kolbatz), und machte sie reich durch viele bedeutende
Schenkungen. — Als dieser Wartislav sah, daß seine Ge=
fährten müde waren vom Kampfe, und die Stadt der Ueber=
gabe nahe; so fürchtete er die Wildheit der Feinde, und bat
zum Zwecke der Ergebung um Waffenstillstand. Kaum
hatte man ihm denselben zugesagt, so wurde er von den
Gefährten seiner Furcht an einem Seile herabgelassen,
und säumete nicht in das Königliche Lager zu eilen. So=
bald man seiner dort ansichtig wurde, trieb das Dänenvolk
den Kampf läßiger; denn sie beklagten sich, daß ihre Ge=
fahren dem Könige Geld erwerben, und sie durch seine
Habgier um Sieg und Beute gebracht werden sollten. Als
der König dies merkte, wollte er sich von diesem Tadel frei
machen, und die Stadt umreitend, ermunterte er die Sol=
daten zu fortgesetztem Angriffe."

„Da er endlich nach vielen Anstrengungen einsah, daß
die Bestürmung fruchtlos und sehr schwierig sei,
kehrte er in sein Lager zurück, und ließ den Wartislav vor
sich. Durch dessen Bitten bewogen, gestattete er den Bür=
gern sich zu ergeben, bedingete sich eine Geldsumme,
so groß sie kaum ganz Slavenland bezahlen konnte, dazu
auch Geißeln; und beschloß, daß Wartislav die Stadt
von ihm zu Lehn empfangen, und gleichsam als des Kö=

niges Geschenk, der Gemeinschaft der Slavischen Hoheit entziehen sollte. Daher rief er seine Soldaten ab von der Bestürmung, und ließ die Stadt weder einnehmen noch plündern, gebot aber, Sein Wappen an die Thürme zu heften, als Zeichen der geschehenen Uebergabe. Da konnte man den Wall von unten bis oben mit Pfeilen besäet sehen, so daß man hätte glauben mögen, er sei mit Rohr bewachsen. Diese Pfeile sammelten die Dänen sorgfältig ein, und steckten sie wieder in die Köcher. Dann schifften sie auf dem vorigen Wege zurück, nahmen Lubin ein, und fuhren nach Rügen."

Friedeborn (Beschr. v. Stettin 1, 35) bezweifelt zum Theil die Wahrheit der obigen Erzählung; und allerdings ist bei den einzelnen Zügen derselben nicht zu vergessen, daß sie von der Partei des Gegners herrührt. Auf jeden Fall bleibt sie ein anziehendes Gemälde einer vor mehr denn sechshundert Jahren ziemlich glücklich überstandenen Gefahr unserer Stadt. — Zu erzählen, wie schon die Vorfahren dieser Normänner in Pommern verkehrt, und u. a. auf Wollin die Jomsburg angelegt haben, den berühmten Heldensitz, der den Namen das Nordische Sparta führt, das liegt außer unserem Wege. (S. Neue Pomm. Prov.-Blätter 1, 90.)

5. Einnahme Stettins
durch Deutsche vor dem Jahre 1221. (?)

Dreger Cod. dipl. 1. n. 61. — Pomm. Prov. Blätter 5, 172. Neue P. Prov. Bl. 1, 238.

Diese Einnahme durch Deutsche, und zwar durch Brandenburger, wird von einem Geschichtforscher (L. Giesebrecht) vermuthet. Doch ist die Sache noch nicht ganz erwiesen; und man war sonst gewohnt, die betreffende Stelle einer

Urkunde nicht von dem Anfall auswärtiger Feinde, son=
dern von inneren Unruhen zu verstehen; in welchen
die Stadt selbst, von Slaven bewohnt, durch die Vor=
städter, welche Deutsche waren, gewaltsam sei einge=
nommen worden.

6.   Versuch der Brandenburger Stettin zu überrumpeln.
Rettung der Stadt durch die Zunft der Fleischer
im Jahr 1468.

Kantzow's Pomerania 2, 135.

Zwei Volksstämme, die jetzt auf das innigste verbun=
den sind, standen früher in Haß und Streit lange ein=
ander gegenüber.   Die Pommern versuchten Alles,
den Brandenburgischen Ansprüchen auf Oberhoheit
ihres Landes sich zu entziehen.   Am Kremmerdamm
hatte 1334 ihr großer Barnim den Brandenburgern eine
schwere Niederlage beigebracht; und in Angermünde 1420
Markgraf Friedrich der Erste dieselbe den Pommern reich=
lich vergolten.   Im J. 1464 starb nun mit Otto 3. die
Stettiner Linie der Pommerschen Herzoge aus, und Mark=
graf Friedrich 2. von Brandenburg machte zum Nachtheil der
Wolgaster Herren, wiewohl vergebens, Ansprüche auf das
erledigte Land.   Ein Bürgermeister von Stettin, Albrecht
Glinde, gut Märkisch gesinnt, weil er Märker war, stand
heimlich mit dem Markgrafen in Verbindung, und warf
bei Ottos Beerdigung Schild und Helm ins Grab, mit
den Worten: Da liegt unsere Herrschaft von Stettin. Ein
Eickstädt sprang sogleich hinunter, und holte beide Stücke
wieder hervor, mit Versicherungen der Treue gegen die
Wolgaster Herzoge als rechte Erben.   Denn Adel, Städte
und besonders Geistliche hingen sehr an den angebornen
Landesfürsten, und scheueten sich vor fremden Herren.

Da es nun so nicht gehen wollte, und Stettin wirk=
lich den Wolgaster Herzogen huldigte, so hielten die Mär=

kisch Gesinnten von Stettin samt ihren Freunden in Garz bei Nacht eine verrätherische Zusammenkunft mit den Brandenburgern unter der Linde zu Schillersdorf, die, wie die gläubige Vorzeit berichtet, von Stund an verdorrete. Hier wurde unter andern ausgemacht, daß man den Markgrafen heimlich in Stettin einlassen wollte. Für den Augenblick zwar scheiterte dieser Plan; als jedoch im Verfolge jenes Zwistes der Markgraf in offener Fehde bis gegen Stettin herandrang, soll nach Kanzows Erzählung, der freilich überall als entschiedener Feind der Märker auftritt, dessen anschauliches Gemälde wir jedoch zu verkümmern nicht Beruf fühlen, Folgendes vorgefallen sein.

„Der Markgraf dachte sich an Stettin zu versuchen, und meinte, wenn er das bekommen hätte, könnten ihm die andern Städte und Flecken nicht entstehen. Nun war aber noch Glinde und sein Anhang in Stettin, welche zwar den Herzogen gehuldigt hatten, doch heimlich dem Markgrafen besser gewogen blieben. Diese sendeten Botschaft zum Markgrafen: daß er in der folgenden Nacht, der früheren Abrede gemäß, sollte vor Stettin rücken. Sie würden ihn alsdann einlassen.“

„Doch der gemeine Mann von Stettin wußte nichts von diesem Plane; sondern weil die Bürger hörten, daß Vierraden und Garz erobert sei, lagen sie dem Rathe ernstlich an, daß er die Stadt mit Wachen und sonstiger Nothdurft versehen möchte, damit sie keinen Nachtheil erlitten. Was sie selbst thun sollten, wären sie auf des Rathes Ansagen zu thun erbötig. So mußte demnach der Rath alle Rüstung herbeischaffen, die Bürger auf die Mauern verordnen, und des Nachts die Wache stark gehen lassen. — Aber Glinde und sein Anhang im Rathe schickten an das Passauer (Berliner) Thor diejenigen, von denen sie wußten, daß sie auf ihrer Seite wären.“

„So zog denn der Markgraf gegen die Nacht heimlich aus Garz, und nahete der Stadt Stettin, indem er etliche Reiter voran schickte, die da erspähen sollten, ob es auch so wäre, wie ihm Glinde zugesagt hatte. Die Späher fanden es so, sahen das erste Thor offen, und kündigten es dem Markgrafen an. — Er aber trauete dem Frieden nicht, sondern schickte noch Andere zu Fuß hin, die heimlich bis an das innere Thor gehen und sehen sollten, wie es mit dem wäre; ja auch, wenn es sich thun ließe, mit den Hütern reden und hören sollten, wie es um die Sache stände. Wie nun diese Boten hinein kamen und auch das Stadtthor unverschlossen fanden, merkten sie, daß die Sache gut stände für sie. Auch rief einer vom Thor ihnen zu: warum denn der Markgraf nicht bald käme? Er würde sonst den Fang verlieren. So gingen denn die Boten eilends zurück, und sagten dem Markgrafen an, daß er eilen sollte; und flugs zog dieser fort. — Er schickte aber noch zum drittenmal hin, und ließ die Sache abermal erspähen, denn er argwöhnte, es möchte Verrätherei dahinter sein. Doch auch diese Boten fanden es wie die vorigen. Darum rückte der Markgraf flugs fort, und war schier neben dem Gerichte.*) Glinden aber und seinem Anhange ward indessen bange wegen des Verzuges, und sie schickten deshalb dem Markgrafen etliche Stadtdiener entgegen, die ihn zur Eil auffordern sollten. Diese ritten unter dem Scheine aus, als hätten sie sonst was zu thun, und zu erspähen, ob irgend Gefahr vorhanden wäre."

„Mittlerweile begab es sich, daß etliche Knochenhauer (Fleischer), die die Nacht zu wachen verordnet waren, in einem Hause nicht weit vom Passauer Thor beisammen saßen. Von denselben ging einer um seiner Nothdurft

*) An der Garzer Straße in der Gegend der Galgwiese und des Schweingrundes.

willen vor die Thür. Der hörte von ungefähr ein Getümmel und Traben der Pferde. Das waren die letzten Späher des Markgrafen, die zurück ritten. Er ging nun an das Thor, und fand es unverschlossen. Da erschrack er und lief eilends zu seinen Gefährten, und sagte es ihnen an. Diese waren bald auf und liefen zum Thor, fanden es aufgeschlossen, und riefen den Hütern auf dem Thor, warum dasselbe offen stände, und zeigten sich sehr böse darüber. Da wendeten denn die Hüter vor, sie hätten etliche Stadtdiener hinausgeschickt zu spähen, ob sich auch was regte: die würden bald wiederkommen: und diese einzulassen, sei das Thor offen geblieben. Den Knochenhauern aber däuchte dies gefährlich, und sie schlossen das Thor zu, und sagten: wenn jene wiederkämen, so könnte man es ihnen ja öffnen. Sie blieben nun auch selbst vor dem Thore, und verwahrten es, und schickten zu den andern Thoren und ließen erinnern, daß man sie fleißig hüten sollte."

„Alsbald kamen die Stadtdiener an das Thor zurück, und nicht weit hinter ihnen her der Markgraf. Als nun die Diener das Thor geschlossen fanden, verwunderten sie sich und dachten, es möchten die Bürger von der Sache etwas gemerkt haben. Die Losung welche sie mit den Hütern auf dem Thore verabredet hatten, war daß sie rufen sollten: Feinde, Feinde! Dasselbe schrien sie also. Nun verstanden es zwar die Hüter wohl, allein sie konnten vor den Knochenhauern und den übrigen Bürgern, die dort waren, nichts thun. Die Bürger ihrerseits wußten den eigentlichen Verlauf der Sache nicht, und verstanden das Rufen nicht anders, als ob es die Stadtdiener gut meinten. Sie riethen diesen daher, sich vorzusehen, daß sie dem Feinde nicht in die Hände fielen. Die Thore aber könne man ihnen jetzt nicht aufschließen: die wären gut gehütet, so daß, ob Gott wolle, die Feinde nichts ausrichten sollten.

Da die Stadtdiener das vernahmen, und auch die Stimmen der Bürger erkannten die nicht gut Märkisch waren; so sahen sie ein, daß die Sache verloren, und nichts weiter darin zu machen sei. Indessen war der Markgraf angekommen, und die Bürger schossen von Mauern und Thürmen. Da merkte er denn, daß sich das Spiel verändert hatte, und zog eilends wieder ab in das Thal beim Gerichte, damit sie ihm mit dem Geschütze nichts anhaben könnten. Es kränkte ihn aber sehr, daß er die Gelegenheit versäumt hatte, und er harrete noch bis an den Morgen, ob vielleicht sein Anhang andere Mittel finden möchten, ihn einzulassen. Aber es war umsonst. Denn die Bürger gaben jetzt so Acht, daß Glinde und die andern Gott dankten, daß das Spiel nicht weiter ging, und große Sorge hatten, ihre Sache möchte offenbar werden. Damit sie also unverdächtig blieben, verstellten sie sich: und war nun kaum einer unter den Bürgern, der es sich so sauer werden ließ, allerlei Wehr gegen den Feind herbeizuschaffen und zu brauchen, denn eben sie. Des Morgens aber, wie der Markgraf gesehen, daß die Stadt so groß und fest wäre, hat er es mit ihr nicht zu versuchen gewagt, sondern ist vorüber gezogen, und hat rings um dieselbe Alles verheeret und verbrannt."

„Die Stadtdiener aber, welche gleichfalls ausgeschlossen waren, kamen darnach wieder in die Stadt ohne Rüstung und Pferde, und erzählten von großer Gefahr, wie sie dem Markgrafen kaum entgangen, und Pferde und Harnisch von sich gethan, und sich versteckt hätten. So ist also die Sache vertuscht worden, und dieser Anschlag einstweilen geheim geblieben. Doch nach Glindens Tode, da einer von jenen Stadtdienern um Missethat willen gefangen saß, hat derselbe die Sache bekannt, wie sie oben erzählt ist."

7. Gütliche Einnahme Stettins
durch Gustav Adolph im Jahr 1630.
Mikrálius B. 5, S. 182 ff.

In dem 30jährigen Kriege wurde Pommern, welches
bis dahin meist nur mit seinen unmittelbaren Nachbarn gestritten hatte, auch in die größeren Welthändel verflochten.
Seit dem Jahre 1627 war das unglückliche Land von den
rohen Schaaren der Wallensteiner überschwemmt, und in
dreijährigen Drangsalen so weit gebracht worden; daß, wie
die Herzoge in ihrer Beschwerde an den Kaiserlichen Kom-
missar klagten, die Leute ihres Landes sich mit Träbern,
Baumknospen, und anderen unnatürlichen Speisen nähren
müßten; ja daß sie die Todten, die eigenen Eltern, die eigenen Kinder fräßen; daß sie vor Hunger verschmachteten;
und daß viele, um den Martern der Soldaten zu entgehen,
sich durch Gift oder auf andere Weise hinzurichten pflegten.
Diese Noth endete nicht, bis Gustav Adolph als ein
Erlöser erschien, und mit seinen härteren Heldenhaufen das
Land von den verweichlichten Verderbern rein fegte. — Der
Herzog Bogislav 14. nämlich, ein ehrenwerther Mann,
doch kein heldenmüthiger Fürst, hatte im J. 1627, unvor-
bereitet wie er war, in der Kapitulation zu Franzburg sein
ganzes Land den Kaiserlichen preisgegeben: kraft welches
Vertrages jedoch Stettin so glücklich war, gleich Anfangs
von den Feinden nicht besetzt zu werden, und überhaupt denselben in seinen Mauern nie zu sehen. Als nun Gustav
Adolph kam, und die kleineren Plätze an der Küste und land-
einwärts im Fluge den Kaiserlichen abgenommen hatte; so
war es ihm vor allem darum zu thun, als Stützpunkt seiner ferneren Unternehmungen Stettin selbst zu besitzen.
Was in dieser Hinsicht vorgefallen, erzählt Mikrálius
im fünften Buche seines Pommerlandes ungefähr wie
folget.

Die Stadt Stettin, darin sich damals der Herzog (Bogislav 14.) aufhielt, hatte auf das Anfordern beider streitenden Parteien, kein feindlich Volk einzunehmen, sich neutral erklärt. Da nun der Herzog aus allen Umständen merkte, daß er je länger je tiefer in Fährlichkeiten gerathen würde, bat er den König (Gustav Adolph) der schon auf Usedom war, und mit einem weiteren Einbruche drohete, noch einmal um Neutralität; wie er schon, bevor Gustav aus Schweden abfuhr, mit Wissen der Kaiserlichen Oberoffiziere darum angehalten hatte. Allein wie die erste Bitte fruchtlos geblieben: also, da nunmehr der König so stattlichen Vortheil in Händen hatte, und alle Vormauern der Stadt Stettin ohne Schwerdtschlag in seine Gewalt gebracht waren; erhielt man auf das zweite Ansuchen auch nichts. Vielmehr säumete Gustav Adolph nicht lange, sondern schickte seinen Gesandten, H. Schwallenberg, einen gebornen Stettiner, vorauf, und kam folgendes Tages selbst mit ganzer Macht bei günstigem Winde vor Stettin zu Schiffe an; so eilig und unverhofft, daß man seiner in der Stadt nicht eher gewahrte, als bis die Schwedische Losung mit zwei Schüssen bei der Oderburg gegeben wurde. Dort setzte der König sein Volk und etliche Stücke Geschütz ans Land.

In der Stadt indessen war der Herzog und jedermann bestürzt; und der Kommandant, Obrist Siegfried von Damitz, schickte einen Trommelschläger hinaus, zu erkunden, wessen man sich zu versehen hätte. Die Antwort war, daß der Obrist selbst kommen und die Ursach der Ankunft vernehmen sollte. So begab er sich denn mit etlichen Abgeordneten des Herzogs zur Oderburg, wo sie den König auf dem Felde halten fanden. Der König bot ihnen erstlich die Hand, und setzte sodann mit beredtem Munde auseinander: wie er nicht zum Verderben, sondern zum Schutz

und zur Befreiung des Landes gekommen sei; weil er aber
viele Ursachen hätte, vor allen Dingen sich der Stadt
Stettin zu bemächtigen; so begehre er im Guten, daß sie
Schwedische Besatzung einnehmen möchten, widrigenfalls er
mit Gewalt suchen würde, die Erfüllung seines Wunsches zu
erreichen. Da nun die Abgeordneten erwiederten: daß der
Herzog von Pommern jederzeit Sr. Kaiserlichen Maj. treu
und ergeben gewesen, und ferner bleiben wolle; und deswegen
baten, Ihn mit solchem Begehren zu verschonen und das völlig
erschöpfte Land nicht in neue Bedrängnisse zu stürzen; so
erklärte der König, daß Er nicht verlange, den Herzog von
Pommern von Kaiser und Reich abtrünnig zu machen, viel
weniger Land und Leute an sich zu bringen, deren er ohne-
hin genug habe; sondern Er suche allein Gottes Ehre, und
wäre auf des Reiches Boden nur gekommen, um die aufs
äußerst verfolgte Christenheit durch Gottes Hülfe zu erret-
ten und in die vorige Freiheit zu setzen. Ferner begehrte
er, mit dem Herzog persönlich zu sprechen, und da wegen
der Truppen, die sich in großer Menge der Stadt näher-
ten, zum Besinnen nicht viel Zeit blieb: so mußte man es
wohl zum Vertrage kommen lassen.

Der Herzog setzte sich also, sobald er seinen Entschluß
gefaßt, auf einen Wagen, und fuhr mit seinen vornehmsten
Offizieren zum Könige. Der König stieg sofort mit besonderer Ehrerbietung vom Pferde, und brachte sein Anliegen
mit solchen Worten vor, daß man dasselbe vor Gott und
Menschen christlich und rühmlich fand; stellte auch solche
Bedingungen, wie nicht leicht ein Gewappneter einem Un-
bewehrten zu machen pflegt; und erbot sich, das Land wider
alle Feinde zu schützen, und durch Gottes Gnade Alles in
den vorigen Stand zu setzen. Laut, daß jedermann es hörte,
sagte er: „Ich will so redlich an Pommern handeln,
daß die ganze Welt davon zeugen soll.“ Falls

2

man auf seine Vorschläge nicht einginge, zeigte er augenscheinlich an, wie und wo und binnen welcher Zeit er die Stadt einnehmen würde. Hierauf trat der Landesfürst mit den Seinigen ein wenig bei Seite, um sich zu unterreden: und da seine Lage von der Art war, daß es ihm vielmehr ersprießlich als schädlich dünken mußte, das Band des guten Vernehmens, darin die Krone Schweden und Pommern so lange Jahre gestanden, zu befestigen; so theilte er dem Könige seinen Entschluß mit, und sagte endlich laut, daß alle Umstehenden es hörten: Nun in Gottes Namen! Darauf wurde in aller Form zwischen den Fürsten ein schriftlicher Vertrag geschlossen, und der Inhalt dem Kaiser zu dessen geringer Freude durch den Herzog unter den nöthigen Entschuldigungen mitgetheilt.

Der König ließ sogleich nach Vollziehung des Vertrages sein Volk in die Stadt einrücken, und auf den Wällen lagern. Da die Festung nicht in sonderlichem Stande war, ließ er sie mit neuen ansehnlichen und kostbaren Werken vor dem Passauer und Frauen-Thore versehen; und bildete außerdem ein Lager vor dem Mühlenthor (Anklamer), und schützte es durch Laufgräben, Brustwehren und Schanzen vom Mühlenthor bis ans Wasser, so daß die Oderburg noch in dieser Linie beschlossen war. In die Stadt wurden drei Regimenter Schweden und Finnen gelegt, welche zusammen 4000 Mann betrugen; und deren Kommandeur dem Herzoge mit Handschlag für sich und seine Leute geloben mußte, Ihm gebührenden Respekt zu erweisen, und die Stadt Stettin dem Könige und Ihm zu erhalten. Die Leitung der Stadtvertheidigung verblieb in Abwesenheit des Königes dem Landesfürsten, welcher jedoch dem Schwedischen Kommandanten die Vertheilung der Wachen, der Geschütze und Aehnliches nach Gutdünken zu besorgen überließ. Doch verblieben die Schlüssel zum Thor, zur Ammunitten und zu den Zeughäusern dem Herzoge und der Stadt, so daß unter deren Aufsicht die Schweden davon Gebrauch machten. Die Festungswachen wurden von den Schwedischen Soldaten, die Stadtwachen von den Bürgern besetzt, die Wachhäuser aber auf Kosten der Stadt gebauet und mit Brennholz versehen. So weit Mikrälius.

Wie bunt es in den nächsten Kriegesjahren in Stettin ausgesehen habe durch die ewigen Hin- und Herzüge der Truppen, der Gesandten, der Fürstlichen und anderer hoher Personen ist hier der Ort nicht des Weiteren zu erzählen. Nur eine Stelle aus Simmerns ungedruckter Chronik möge hier Platz finden, zum Theil wegen des naiven Tones ihrer Darstellung.

(Simmern S. 53.) „In währendem Kriege sind öfters in Stettin viele vornehme Gesandte aus Frankreich, Niederlanden, auch gar aus der Muskow angekommen; aber keiner mit Hülf und Pracht so stattlich als der General Hamilton aus England („ein Englischer General, Markgraf von Hammelthon" Mikräl. 5, 207.) Dieser ist den 26sten Juli in Begleitung des General-Majors Leßels (Lesle) mit 40 wohlmundirten Schiffen, darauf an die 8000 Mann Schotten und Engländer (Hülfstruppen für Schweden) angekommen, auf welches Volk der Major Lesle per posta vom Könige Ordre gehabt, wo es hin sollte. Die Schiffe, so meist Englische, sind bald wieder zurückgegangen. Der Markgraf Hamilton ist als General dieser Englischen Armee den 28sten Juli in einer sehr stattlichen Kareta, so von rothem Sammet mit guldenen Franzen und guldenen Puckeln beschlagen gewesen, in diese Stadt eingezogen. Seine Lakeien sind alle in rothen sammeten Kleidern gangen mit gulden Schnüren verbremet: auf ihrer Brust und am Rücken ist des Generals Wappen von Gold groß und sehr schön gesticket gewesen. Ihm haben auch aufgewartet über 40 von Adel und 36 Hellepartirer, und sonsten 200 Englische Schützen. Sein Volk ist in 41 Fahnen zertheilet gewesen, hat 400 kleine Stücke und 60 große, die aber wieder zurückgegangen, mit sich gehabt. Der Herzog zu Pommern hat ihn zwar stattlich empfangen und tractiret; aber seine Tafel und Tractament soll viel stattlicher gewesen sein. Der König von England soll ihn haben den Königen zu Dänemark auch in Schweden sehr recommandiret, und ihn dabei vor seinen nächsten Blutsfreund tituliret haben. Sein Volk ist meistentheils die Oder hinauf nach Guben und Schlesien zu commandiret worden; aber die Märkischen und Pommerschen Knackwürste und harte Knapkäse müssen ihnen ja nicht haben samt dieses Landes Luft bekommen wollen; sintemalen sie theils ohne Schwerdtschlag todt die Oder wieder herunter schwimmend gekommen und der Fische Speise geworden."

———

Siebenzehn Jahre schon befand Stettin sich in den Händen der Schweden, und das Ende des unseligen Krieges war noch nicht abzusehen, als 1637 Bogislaus 14. sein müdes Haupt zur Ruhe legte, und mit Ihm der männliche Stamm der Pommerschen Herzoge erlosch. „Unser Trost ist dahin", lautet die rührende Klage eines Zeitgenossen, „der edle Greifenbaum ist mit Stamm und Wurzeln ausgerissen, unter dessen Schatten das ganze Pommerland so viele Jahre geruhet hat. Es sitzen die Alten nicht mehr unter dem Thor und die Jünglinge treiben kein Saitenspiel mehr. Unsers Herzens Freude hat ein Ende, unser Singen ist in Wehklagen verkehrt. Die Krone unseres Hauptes ist abgefallen. Wehe, daß wir so gesündigt haben. Wie liegt das Land so wüste, das so voller Volk war. Pomerania ist wie eine Wittwe, die vor eine Fürstin war, und nun dienen muß. Sie weinet des Nachts, daß ihr die Thränen über die Wangen laufen, und ist Niemand unter allen ihren Freunden, der sie tröste u. s. w."

Durch den Westphälischen Frieden (1648) wurde das herrenlose Pommern zwischen Schweden und Brandenburg getheilt. Stettin ward Schwedisch, und blieb es 65 Jahre lang zum großen Leidwesen der eigentlichen Erben, der Markgrafen von Brandenburg, und namentlich des großen Churfürsten, der zu dreien malen und mit verschiedenem Erfolge sich desselben wieder zu bemächtigen suchte.

7. Belagerung von Stettin durch die Kaiserlichen und die Brandenburger, unter de Souches im Jahr 1659.

Böses und Gutes welches die Stadt Alten Stettin a. 1659 ausgestanden, — mit einem Anhange. S. a. 4. (Von einem Augenzeugen.)

Kurze doch ausführliche Beschr. des a. 1659 unverhofften Einfalls der Kaiserl. Armada in das K. Schwed. Herzogthum Pommern, unter de Souches. Stettin 1660. 4.

Beschreibung der Stadt und Festung A. Stettin xc. Danzig 1678. 4. S. 10 ff.

Pufendorf Gesch. Karl Gustavs Königs in Schweden (mit einem Plane v. Stetin). S. 639 ff.

Gegen den Schwedischen König Karl Gustav, welcher 1655 mit Polen Krieg begonnen hatte, schlossen Polen, Brandenburg und Oesterreich ein Bündniß, in Folge dessen i. J. 1657 die Polen und Alliirten unter Czárnezky auf einem Zuge nach Holstein die Umgegend von Stettin bis unter die Wälle ausbrannten; im J. 1659 aber ein Kaiserliches und Churfürstlich Brandenburgisches alliirtes Heer unter den Kaiserlichen Generalfeldzeugmeister Grafen de Souches am 15ten Juli von Groß Glogau gegen Schwedisch Pommern aufbrach, und über Landsberg durch die Neumark am 12ten August die Oder bei Greifenhagen erreichte.

Greifenhagen und Wildenbruch wurden nach einigen
Tagen, Damm nach etwa fünfwöchentlicher Gegenwehr
genommen, Wollin erstürmt und geplündert, und späterhin auch von den Brandenburgern und Kaiserlichen, die aus
Holstein kamen, Demmin erobert; so daß Stettin mancher
nahen und fernen Stützpunkte beraubt war.

Seit dem Ende des August schweiften die feindlichen
Reiter vor Stettin umher; doch erst am 26sten September und noch mehr am 29sten erschienen große Massen
von Reiterei und Fußvolk, die man von den Wällen vor-
überziehen und ihre Stellungen vor der Stadt wählen sah.
De Souches, dessen Hauptquartier in Pomeränsdorf
war, umschloß nun mit seinen Kaiserlichen, welche sich später
auf 16,500 Mann vermehrten, die Südseite der Stadt von
der Oberwieck am Schweinsgrunde und an der Sternschanze *)
herauf bis zum heutigen Gerichte. Die Brandenburger, 2000
Mann stark, unter dem Grafen v. Dohna, der sein Hauptquartier bei der damals schon zerstörten Oderburg hatte, waren
bestimmt, die Seite des Frauen-Thores anzugreifen. Die
Schwedische Besatzung von ungefähr 2500 guten alten Soldaten und vielen kriegserfahrnen Offizieren, welcher späterhin mehrmals Sukkurs zu Wasser zugeführt wurde, befehligte der thätige General-Lieutenant Baron Paul von
Würtz. Die bewaffnete Bürgerschaft, der es unter dem
Schwedischen Scepter wohl gefiel, stand, nach damaliger
Sitte den Soldaten auf Wachen und im Gefechte wacker
bei. Pulver und Blei war überflüssig vorhanden, auch
an Lebensmitteln gebrach es im Ganzen nicht. Der Fisch-
fang war in diesem Jahre ungewöhnlich reich. — Die
Umgegend von Stettin wurde diesmal gleich Anfangs von
Freund und Feind gründlich verheert, und was der 30jäh-

*) Lag ungefähr, wo jetzt Fort Preußen steht.

rige Krieg und die Polen übrig gelassen, fand man seinen
Untergang. Die benachbarten Dörfer wurden verbrannt,
die Vorstädte der Landseite samt allen schönen Gärten und
Lusthäusern und vielen Wind- und Wassermühlen zerstört,
und die bisherigen Tummelplätze des Vergnügens und der
Schwelgerei, besonders bei der Vogelstange und in Grabow,
schrecklich verödet.

Am 29sten September, an welchem Tage man 9 Regimenter Infanterie und 1 Regiment Dragoner von Pomeränsdorf heranrücken sah, warfen die Kaiserlichen zum ersten
mal aus der Sternschanze (Fort Preußen) einige Kugeln
in die Stadt; welches mit einer doppelten Salve aus
Musketen und Stücken rings um die Festung von Bürgern
und Soldaten beantwortet wurde; woraus der Feind, wie
ein Erzähler sagt, leicht vernehmen konnte, was drinnen
die Glocke geschlagen. Eine Aufforderung der Festung
durch den General Dohna, nach welcher Sr. Churfürstl.
Durchlaucht gekommen wären, die Ihnen gehörige Stadt
in Gnaden anzunehmen, blieb von Seiten des Generals
Würtz unbeantwortet; die Bürger aber erwiederten auf ein
gleichzeitiges Schreiben: „daß sie ihrem Könige und Herrn
treu bleiben wollten." Auch bei einer späteren Aufforderung
bekam der Trompeter des Generals de Souches keine andere Antwort, als „daß, so lange man einen warmen Bluts-
tropfen im Herzen hätte, man sich zu wehren gesonnen wäre,
und seinem (des Trompeters) Herren mit nichts weiter zu
dienen wüßte, als mit Kraut und Loth und der Spitze vom
Degen." Diese Herzhaftigkeit und Willigkeit der Besatzung
und der Bürger war es auch, samt der Tüchtigkeit des
Kommandanten, dem mehrfach eintreffenden Sukkurse, dem
regnichten Wetter und der geringeren Energie und Umsicht
des Feindes, welche eine Belagerung am Ende vereitelten,
in der Stettin 7 Wochen lang nicht wenig gequält und

geängstigt wurde. Denn wiewohl kein eigentliches und
anhaltendes Bombardement statt fand; beschoß man doch,
so lange die Belagerung dauerte, die Stadt mit gewaltigen
eisernen und gläsernen Granaten, mit Pechkränzen, Drathkugeln, Bettelsäcken, Maulkörben, mit glühenden und polir-
ten Kugeln, welche hell glänzten; der Musketenkugeln zu
geschweigen, die mitunter wie Hagel von den Dächern
fielen. Viele Granaten flogen über die Stadt fort von
einem feindlichen Lager ins andere. Die Belagerer hatten
ungewöhnlich schnell und stark Pulver, welches einen hellen
und harten Knall gab.

Die Berichte der Augenzeugen über die Vorfälle
dieser Belagerung enthalten eine Menge von Einzelhei-
ten, aus denen einiges zur Probe hier folgen möge.

(Böses und Gutes rc. S. 9). „Dazu kamen die Pechkränze, Drathkugeln und Bettelsäcke, daran Menschen genug zu schleppen gehabt, und mit barbarischen Par-
theken und allerhand Pracherey angefüllt gewesen, welche
man Heiden und Türken und keinen Christen hätte sollen
zuwerfen, deren Erfinder und Beförderer unzweifelich das
höllische Feuer an dem Ort, der von Pech und Schwefel
brennet, woselbst auch Stroh und Holz genug ist, wird
verdienet haben."

„Den 8. November schlug eine große Granate des
Morgens nach 5 Uhr auf H. M. Cramers Hof, da es
nicht gepflastert war, Mann tief in die Erde. Man hatte
bei 2 Stunden damit zu thun, ehe sie konnte wieder heraus-
gebracht werden. Das Eisen ohne das Pulver, so vier
Hüte voll und zum wenigsten 16 Pfund zu schätzen war,
wog 156 Pfund." Andere wogen 160 Pfund rc.

6. November. „Unter andern ist in der breiten Straße
in Daniel Kammetchens Haus eine große Granate gefallen, so die Hinterstube, worauf die Kinder nebst ihrem

Lehrer studirt, eingerissen, einem Knaben ein Bein ganz ab und dem andern beide Beine entzwei geschlagen, wovon sie kurz hernach gestorben und zugleich begraben worden."

Am 4. November „ward aus dem Kaiserlichen Lager ein Bettelsack hereingeschossen, welcher bei des Zuckerbäckers Haus, am Roßmarkt, nahe vor dem Keller, worin ein Schlächter wohnet, bei hellem Tage niederfiel, erstlich allmächtig zu brennen anfing und darauf etwas langsam nach einander 12 Schläge gab; zwischen den Schlägen brannte jedesmal das Feuer wohl eines Mannes hoch. Kurz nach dem letzten Schlag erfolgte aus dem Lager ein Kanonschuß, und schlug die Kugel vorn an den Gibel des Hauses und beinahe gerade oberhalb des Kellers, vor welchem der Bettelsack war niedergefallen." Der Feind schien beim Löschen des etwa aufgegangenen Feuers stören zu wollen.

„Am 7. November ward aus dem Kaiserl. Lager ein Bettelsack herein geschossen, welcher auf dem Kohlmarkt niederfiel und bei 30 Schläge soll gegeben haben."

6. November. „Gegen Abend ward aus dem Churfürstlichen Lager eine sonderliche Art von Feuerballen hereingeworfen. Das Corpus, darin Pech, Harz, Werg, u. a. Sachen mit nassem Pulver befindlich, war von Eisen, wie ein großer Maulkorb, und etwas länglich gemacht; sausete heftig in der Luft, und schlug durch die Dächer."

7. November. „Ein Maulkorb kam mit langem Schwanz, wie ein Drache geflogen, sausete heftig in der Luft und schlug in einem Hause der großen Domstraße durchs Dach 2c."

13. November. „Vor Hans Bracken Thür oben der Grapengießerstraße ist in den Rinnstein ein Maulkorb nieder gefallen, welcher sehr giftig soll gebrannt haben, und zuletzt mit Moder und Koth gelöscht wurde."

13. November. „Aus dem Churfürstlichen Lager schlägt

zu Nacht eine Granate in des Pülckemachers Haus hinter dem Fürstlichen Hospital am Frauenthor, oben in die Kammer bei dem Gesellen zu Füßen ins Bette, und fängt an zu sausen und zu brausen. Der Gesell voll Angst und Schrecken ergreifet also das Oberbette und deckt damit den ungebetenen Gast fest zu, daß er auch vielleicht darunter hätte ersticken müssen. Indem aber der Gesell darnach trachtet, wie er dem beschwerlichen Beischläfer entwischen möge, mag vielleicht von dem Bewegen die Granate wiederum Luft schöpfen; fänget aufs neue wieder an zu sausen, und zerspringet darauf ganz schleunig, wirft die Kammer und das Dach über den Haufen, und nimmt mit Rauch und Schmauch Abschied von seinem Schlafgesellen; welcher, ob er zwar über den ganzen Leib jämmerlich verbrannt und keinem Menschen ähnlich war, dennoch an seinen Gliedmaßen durch Gottes Gnade gar nicht beschädigt und innerhalb 15 Wochen gänzlich wieder hergestellt worden, daß er seiner Handthierung nachzuziehen sich darauf von hinnen an andere Oerter begeben. Hernach sein viel Leute dahin gegangen, und haben sich dessen erkundigt, und alles in der That also befunden."

So fehlte es also nicht an beschädigten und völlig zerschmetterten Häusern, an jämmerlich zerrissenen Menschen, an wunderbaren Rettungen aus der äußersten Gefahr. Fast jede Seite der damals geführten Tagebücher liefert davon die Beweise mit Angabe von Zeit, Ort und Namen.

Bei allem dem verbreitete im Ganzen das Geschütz des Feindes in der Stadt mehr Unruhe und Angst als wirklichen Schaden. Eine eigentliche Feuersbrunst kam bei der sorgfältigen Aufsicht der Bürger nirgends zum Ausbruch. Die thätige Theilnahme Aller an der Belagerung, leitete auch die etwa zu besorgenden Krankheiten ab. — Den 23sten Oktober ließ der Rath von den Kanzeln bekannt machen: daß ein jeder, insonderheit aber das Frauenzimmer, von der übermäßigen Hoffart sollte abstehen, die hohen Mützen, gefalteten Halstücher, Scherfen, Favoren ꝛc. ablegen; dagegen fein demüthig einher gehen, und sich der vor diesem publicirten Kleiderordnung in allem gemäß erzeigen. Tägliche Betstunden in allen Kirchen Morgens halb 11 U. waren bald anfangs eingeführt.

Durch eine Menge von kleineren Ausfällen war bisher schon immer die Vertheidigung der Stadt sichtlich gefördert worden; als der General Würtz am 11ten November, dem St. Martinstage, um 11 Uhr Mittags einen stärkeren Ausfall mit 1000 M. Musketieren und Reitern aus dem Passauer und dem H. Geist-Thor gegen die Kaiserlichen unternahm, welche zur Feier des Festes so eben die gebratenen Martinsgänse in aller Sicherheit und Fröhlichkeit verzehrten." Der Erfolg dieses Ausfalles war bedeutend. Gegen 200 Feinde wurden niedergemacht; Obristen, Kapitains, andere Offiziere und über 100 Gemeine gefangen, fast alle Stücke in den genommenen Batterien vernagelt oder zerhauen, an Pulver, Musketen, Piken, Schaufeln und Hakken ein guter Vorrath erbeutet, und die fliehenden Feinde, in deren Lager man eingedrungen war, fast bis an die Sternschanze verfolgt, wo es zu einem scharfen Gefechte kam. Dem General Würtz war das Pferd unter dem Leibe getödtet. Geschah dies nicht, so hätte man wahrscheinlich noch mehr ausgerichtet.

Am Abend desselben Tages langte in Stettin der Reichs-Admiral und General-Statthalter von Pommern Graf Wrangel, zu welchem die Stadt zweimal Deputirte gesendet hatte, zu Wasser glücklich an; um in einem dreitägigen Aufenthalte Alles zu besichtigen, und Bürger und Soldaten neuen Muth einzuflößen. Auch brachte er über 100 Mann Sukkurs mit. Gelegentlich sei hier bemerkt, daß auch ein Schreiben des Königes, welches während der Belagerung eintraf, die Bürgerschaft nicht wenig ermuthiget und gestärkt hatte.

Schon am Tage nach Wrangels Ankunft, dem 12ten November, wagte man wiederum mit etwa 250 Mann unter Anführung des Obrist-Lieutenants Schwerin einen Ausfall zu Wasser gegen Curow, welches an der Oder eine kleine Meile von Stettin liegt. Hier hatten die Alliirten von Munition, Proviant und andern Sachen eine Niederlage, welche kürzlich nur durch die Ankunft von 50 Oderkähnen mit Wein, Bier und Kaufmannswaaren ansehnlich bereichert war. Der Streich gelang vollkommen. Eine unbedeutende Schanze, mit etwa 10 bis 12 Mann besetzt, wurde zuerst erobert, dann die ganze Niederlage genommen, und theils vernichtet, theils nach Stettin gebracht. An Pulver erbeutete man 15 Fässer.

Diese letzten Schläge trugen zur Entscheidung des ganzen Kampfes wesentlich bei. Die Alliirten, durch Krankheiten, Gefechte und Desertion geschwächt, beschlossen die Belagerung aufzuheben.

In der Nacht vom 15ten zum 16ten November war der Feind überall so wach, daß man in der Stadt einen Sturm besorgte, und sich zu allem fertig machte. Als aber kaum der Tag dämmerte, gewahrte man, wie derselbe Artillerie, Bagage und Infanterie in aller Stille abgeführt hatte, und das Lager vor beiden Thoren anzündete. Im Churfürstlichen Lager hörte man blasen: 1. Aus meines Herzens Grunde. 2. Allemal, allemal geht's so zu. 3. Wie wird mir denn geschehen, wenn ich dich meiden soll. Die Kaiserlichen richteten ihren Marsch auf Greifenhagen, wo sie die Oder passirten, um in Hinterpommern Winterquartiere zu nehmen. Die Churfürstlichen gingen durch Löckenitz in die Uckermark. Die Wege waren tief. Die

Kavallerie deckte den Rückzug. Im Lager hatte man viel Mehl in Fässern zurückgelassen, und im Felde Kugeln vergraben. Die Kaiserlichen waren von 16500 auf etwa 8000 Mann geschmolzen. Die Belagerung hatte vom 26. September bis zum 16. November, also 7 Wochen gedauert. Die Zahl der Gebliebenen war drinnen mäßig. Den Verlust des Feindes geben die Belagerten auf 1000 Todte an.

Als auf dem Rückmarsche der General-Feldzeugmeister de Souches zu Bahn ins Quartier kam, fragte er: ob hier zu Lande im Herbst allezeit solch rauhes, ungestümes und schlaggichtes Wetter wäre, und wann es anfinge zu frieren? Da man ihm nun berichtete, daß das Wetter um diese Zeit hier gewöhnlich also sei, und daß man selten vor Weihnachten Frost erwarten dürfe; erwiederte er: So mag der Teufel hier Krieg führen! Kann man doch weder zu Fuß, noch zu Pferde aussteigen!

Diesen Grafen de Souches nannte der gemeine Mann in Pommern „General Suse"; und noch heut zu Tage hört man in der Gegend von Greifenhagen von alten Zeiten als von „Susens Tiden" sprechen.

———

So war denn dieser bedenkliche Angriff zu Ehren seiner Vertheidiger abgeschlagen; das Band zwischen der Stadt und der Krone Schweden fester geknüpft, und eine Gesinnung gegründet, aus welcher die Heldenthaten der nachkommenden Zeit wie aus einem fruchtbaren Boden hervorbrechen konnten. Der König Karl 11. bezeigte auch der Stadt sein Wohlgefallen an ihrem Benehmen in dieser Belagerung durch ein gnädiges Schreiben (Stockholm den 14. September 1660), in welchem er die damaligen Bürgermeister von Stettin in den Adelstand erhob, und zugleich für alle ihre Nachfolger mit dem Besitze des Bürgermeisteramtes den Adel verknüpfte; der Stadt aber ein neues Wappen verlieh, in so fern über dem Schilde, in welchem nach wie vor der gekrönte Greifenkopf blieb, von zwei seitwärts stehenden Löwen eine Königskrone gehalten, und der Schild selbst von einem Lorbeerkranze „zum Zeichen des errungenen Sieges" umschlungen wurde. Dieses Wappens sollte die Stadt zu allen Zwecken, zu welchen Wappen und Siegel gebraucht werden, in Schriften, an Häusern u. s. w. sich bedienen: und so steht dies Ehrenwappen der Stadt Stettin noch heute in seiner ansehnlichen Gestalt oben auf der Orgel der St. Jakobikirche. — Der eben erzählte Kampf übrigens war für unsere Stadt nur das erste Nachspiel des 30jährigen Krieges gewesen. Ihm folgten noch drei andere, bevor Stettin von den Schweden schied.

8. Vergebliche Belagerung Stettins durch den den Großen Churfürsten im Jahr 1676.
Beschreibung der Stadt und Festung Alten Stettin rc.
Danzig 1678. 4. S. 33—42.

Etwa 15 Jahr nach dem Olivaer Frieden (1660) fielen auf Anstiften Frankreichs die Schweden unter Wrangel in die Länder des am Rhein beschäftigten großen Churfürsten. Die Schlacht bei Fehrbellin, der Rückzug der Schweden nach Pommern und Mecklenburg, ein allgemeiner Angriff ihrer Feinde auf sie, die Eroberung des Schwedischen Pommerns durch den Churfürsten waren die Folgen jenes Unternehmens.

Im Jahr 1676 ließ der Churfürst Garz, Greifenhagen, Löckenitz einnehmen, und im April Stettin durch Reiterei eng einschließen. Die Stadt war mit Besatzung und Lebensmitteln überflüßig versehen, und suchte in täglichen Ausfällen zu Wasser und zu Lande ihre Vorräthe zu vermehren, und dem Feinde zu schaden. Da nun in den ersten Tagen des

August die Churfürstliche Infanterie und Artillerie anrückte, um mit der förmlichen Belagerung den Anfang zu machen; verließen die Schweden aus unbekannten Gründen plötzlich die Festung Damm, und brachten die Besatzung von 900 Mann samt der Munition nach Stettin, nachdem sie so viel als möglich die Werke von Damm rasirt hatten. Die Brandenburger besetzten sogleich den verlassenen Platz und stellten, so gut es anging, das Zerstörte wieder her. Vor Stettin hatten indessen die Churfürstlichen ihre Batterien aufgeworfen, und begannen die Stadt zu beschießen und Feuer einzuwerfen.

Zu gleicher Zeit fuhr man emsig fort, sich der entfernteren Plätze, welche auf die Vertheidigung der Stadt einwirken konnten, zu bemächtigen, und nahm im Laufe des Sommers, großentheils unter den Augen des Churfürsten den Leibseer Paß, die Peenemünder Schanze, Wollin, Usedom, Anklam (30. August) und Demmin (12. Oktober). Als die Nachricht von der Einnahme Demmins vor Stettin ankam, wo der Churfürst selbst in seinem Hauptquartier zu Krekow lag, ließ er am 14ten Oktober eine Dankpredigt halten, sein Heer auf den Bergen vor Stettin sich in Schlachtordnung stellen, und nach Sonnenuntergang aus allen Geschützen und Gewehren eine dreifache Salve geben, welche von den Churfürstlichen Schiffen auf dem Dammschen See mit 72 Stücke dreimal wiederholt, und aus allen umliegenden Festungen, als: Damm, Garz, Löckenitz u. s. w. beantwortet wurde; „welches von den hohen Bergen überaus schön zu sehen und zu hören war."

Trotz der prächtigen Salve aber fing man im Lager bald an zu überlegen, was bei der vorgeschrittenen Jahreszeit mit der starken Festung eigentlich zu beginnen sei. Der Churfürst berieth sich darüber mit seinen und seiner Alliirten Generalen und andern hohen Offizieren. Inzwischen beschoß man ferner die Stadt, und richtete durch glühende Kugeln ein paarmal Feuersbrünste an, (28. Okt. ꝛc.): auch wurde der Tochter des Schwedischen Generals von Wulffen, als sie dem Feuerlöschen in der Nähe ihrer Wohnung zusah (29. Oktober), durch einen unglücklichen Schuß das Bein abgeschlagen. Die Belagerten antworteten überall kräftig. Da endlich vor dem Wetter nicht mehr die Schiffe auf der See, und die Soldaten im Lager sich halten konten, beschloß der Churfürst, die Belagerung aufzuheben. Das Geschütz wurde abgeführt, das Lager nebst dem Dorfe Krekow, mit Ausnahme der Kirche und des Hauses, darin der Churfürst gewohnt hatte, in Brand gesteckt, und ein Ausfall der Schweden durch die Arrieregarde abgehalten. So kam der Churfürst unter Lösung des Geschützes in Berlin vorläufig wieder an; — nicht ganz unverrichteter Sache: denn eine Menge von Pässen und festen Plätzen, die Vormauern der Hauptfestung, waren in seine Hände gefallen; die er nun stark besetzen, und von dort zu Wasser und zu Lande Stettin aus der Ferne den ganzen Winter über bloquiren ließ.

In Stettin selbst sah man wohl ein, daß dies Alles nur Vorspiel eines größeren und entscheidenderen Schlages sei, und benutzte daher emsig den Winter sich mit Holz, Lebensmitteln und den übrigen Bedürfnissen reichlich zu versorgen; worüber es bei Schillersdorf, bei Bartelsdorf, Garz, Greifswald und an andern Orten zu manchem ziemlich ernstlichen Strauße kam. Gollnow, welches Schwedisch, doch jetzt in den Händen der Brandenburger war, wurde von Stettin aus von dem Obristen Horn mit 400 Schweden durch List überrumpelt und eingenommen. Der Obrist starb an den empfangenen Wunden. Auf der See wurde von einem Schwedischen Caper eine Brandenburgische Galiote mit 150 Mann und vielem Proviant aufgebracht.

10. Belagerung Stettins
durch den Großen Churfürsten, und heldenmüthige Vertheidigung. Im Jahr 1677.

1. Kurze doch wahrhafte Beschreibung alles dessen, was zeit währender 6monatlicher Belagerung der Stadt Alten Stettin in selbiger Festung vorgelaufen, — von Tage zu Tage aufgezeichnet von einem Ober-Officier der darein gewesenen Garnison J. C. Z. Danzig. Ohne Jahr. (Militairische Uebersicht).

2. Diarium obsidionis oder: Summar. Bericht der Belagerung von einem gebohrnen Stettiner zeit währender Belägerung aufgesetzt. Gedruckt im Jahr 1678. (Sehr reichhaltig, besonders in Bezug auf das Innere der Stadt).

3. Pommerscher Diskurs von der Stettinschen Belagerung und dero Widerstandes Ursachen. 1677. (Brandenburgisch gesinnt: Rechtsfragen rc.)

4. Pommerischer Waffenklang und Stettinischer Belägerungs-Zwang rc. Gedruckt im Jahr Chr. 1677. (Eine Art Brandenburg. Diariums voll Anerkenntniß der Stett. Leistungen. Strebt nach Unpartheilichkeit).

5. Beschreibung der Stadt und Festung Alten Stettin, und wie sie 1677 eingenommen rc. Danzig 1678. (Enthält auch die Belagerungen von 1659 und 76; dazu Capitulation und Einzug von 77 am vollständigsten).

6. Anderer Pomm. Kriegs-Postillon, darin was in der berühmten Belagerung der Stadt und Haupt-Vestung Stetin vorgegangen rc. Leipzig 1678. 4. (Meist zusammengesetzt aus den obigen.)

7. Berlinische Relation, was bei dem Sieg- und Freudenreichen Einzug Sr. Churfürstl. Durchl. in Berlin 1677 rc., passiret und vor Raritäten zu sehen gewesen. (Ohne Jahr).

8. Schöne poet. Gedichte und Lieder auf Se. Churfürstl. Durchl., Friedrich Wilhelm den Großen und Glückseligen genannt, Krieges-Sieges- und Helden-Thaten. Gemacht von unterschiedlichen vornehmen Gelahrten und Poëten; gesammelt und verlegt von Völckern, Buchhändl. in Berlin.

9. Erklärung der hieroglyphischen Sinnbilder, welche zu Ehren — des Churfürstlichen Einzuges in Berlin in einem Kupferdruck herausgegeben von Johanne Bödikero, P. Gymn. Col. Rectore. Cöln a. d. Spree 1678.

10. Elogium, quo Stetini 1677 diu oppugnati et tandem expugnati conditio proponitur. Ohne Jahr und Namen. Steht in Dähnerts Pomm. Bibl. 5, 153.

11. Pufendorf de rebus gestis Fried. Wilhelmi Magni. Lib. XV. (Parteiisch für Brandenburg).

3

1. Rüstungen des Churfürsten. Einschließung
der Stadt. Fortschritte an der Wasserseite.
Inneres von Stettin.

„Unterdessen wurden zu Magdeburg, Cüstrin, Frank=
furth a. d. O. und anderen Churfürstlichen Plätzen un=
fägliche Präparatorien zu der bevorstehenden Belage=
rung der Stadt Stettin gemacht, insonderheit von aller=
hand raren und schrecklichen Feuerwerken, von Granaten,
Bomben, Haubitzen, Stinkpötten und dergleichen, welche täg=
lich die Oder hinunter in das Lager vor Stettin geführt
wurden. Von Cüstrin allein sind 72 schwere Stücke und
10 große Feuermörser abgeschifft: unter denen sind 3 von
unerhörter Größe gewesen, so gar daß selbe den Steinweg
im Herausführen bis ans Thor ganz verdorben. Etliche
Mortier sollen 6 bis 7 Centner schwere Kugeln werfen;
wo die hinfallen, muß alles zu Trümmern gehen. Aus
Berlin wurden 80 große Geschütze, 31 große Mortier,
15,000 Centner Pulver, 20,000 Stück Kugeln, 800 große
Granaten, 10,000 Brandkugeln, 300 Büchsenmeister, eben
so viel Handlanger ꝛc., mit ins Lager genommen; desglei=
chen wurden auch zu Minden, Lippstadt und Bielefeld eine
starke Artillerie verfertigt, welche nach dem Lager vor
Stettin geführt wurde. — Die Völker zu Roß und Fuß
wurden aller Enden zusammen gebracht, gemustert und ins
Lager vor Stettin gesandt. Gleichermaßen sind um eben
die Zeit die Churfürstlich Wolfenbüttelschen und Zellischen
Hülfsvölker unter Kommando Sr. Fürstlichen Durchlaucht
des Herzogs von Holstein nebst einer schönen Artillerie

bei Altenburg über die Elbe gegangen, ihren Marsch nach
der Oder und so ferner nach Stettin zu nehmen. Mittwochs
vor Pfingsten ward in allen Churfürstlichen Ländern ein
Buß = und Bettag angestellt, und darnach der Marsch
wieder mit Macht fortgesetzt."

„Denn gleich wie ein Feuer, das lange glimmet und
um sich frißt, bis es endlich zu völligem Ausbruch und
voller Loderflamme gedeihet: so brach nun der so lange
gefaßte Ernst und das entbrannte Zornfeuer Sr. Chur=
fürstlichen Durchlaucht mit einer schleunigen und überaus
heftigen Belagerung über diese Stadt aus."

Das Verlangen des Churfürsten, die Schweden für die
verheerenden Einfälle in seine Länder zu züchtigen, der
Wunsch das angeerbte Pommern ganz zu besitzen, der Un=
muth über die bisher vergeblichen Versuche auf Stettin
(1659. 76), und andere Gründe vielleicht, mochten gleich=
mäßig einwirken, daß der kriegerische Fürst, der sich von
dem enthusiastischen Aufschwunge seines Volkes unterstützt
sah, einen so gewaltigen Zug ausstattete.

Am 2ten Juli wurden außer den obigen noch 28 schwere
Stücke von Berlin abgeführt, denen am 23sten die Chur=
fürstlichen Trabanten und die Fußgarde folgte. Am 5ten
Juli (25sten Juni alten Stils) erhob der Churfürst
sich mit seiner Gemahlin, dem Churprinzen und dem gan=
zen Hofstaate, um in das Lager zu ziehen. Er gelangte
über Garz in das von den Schweden eingeäscherte Dorf
Kolbitzow, wo er am 6ten ruhete, seine Truppen sammelte,
und am 7ten Juli mit einem Theile der Kavallerie vor=
ausritt, um mit den nachrückenden Regimentern eine viertel
Meile von Stettin im Lager bei Pomeränsdorf stehen
zu bleiben. Um Mittag schossen die Schweden dreimal mit
18 pfündigen Kugeln mitten in dies Lager hinein, ohne Scha=
den anzurichten. Den 8ten Juli wurde auf Churfürstlicher

Seite Kriegesrath gehalten. — Die gesammte Macht des Churfürsten, welche sich im Laufe der Belagerung vor Stettin versammelte, betrug 25 Brandenburgische Regimenter und 5 Lüneburgische, wozu später noch ein Sukkurs von Dänen kam. Auch 300 Kroaten erschienen einmal, ihre Dienste anzubieten, und wurden den Dänen überwiesen. Wer die ganze Belagerung geleitet habe, ist in den obigen Schriften nicht angegeben. Theils war der Churfürst selbst gegenwärtig (der ab und zu reisete); theils erscheint Dörfflinger als stimmführend. An Geschützen sollen Churfürstlicher Seits überhaupt gebraucht sein 206 Stücke und 40 Feuermörser. Doch schwanken die Angaben, wiewohl nicht bedeutend. „So sollte denn," wie ein Erzähler sagt, „der sonst so anmuthige und von Lieblichkeit herrlich ausstaffirte Juniusmonat (alten Stils) in diesem Jahre ein rechter weh- und unmuthvoller Monat werden."

An der Landseite von Stettin, blieb es fürs erste, einige Scharmützel abgerechnet, zur Verwunderung ruhig. Die Garnison besaß die Sternschanze (bei dem jetzigen Fort Preußen), und vertheidigte das ganze Stadtfeld, auf welchem am 13ten Juli unter Bedeckung von Schützen und Reitern durch einige hundert Männer und Weiber ohne Störung die Erndte abgehalten wurde. In aller Stille indessen verfolgte Friedrich Wilhelm den großartigen Plan, der ihn vor dem Mißgeschicke früherer Versuche schützen, und die starke Stadt, wenn gleich langsam, doch unfehlbar in seine Hände liefern sollte. Man hatte nämlich früher zu seinen Zwecken nicht gelangen können, weil man des Dammes zwischen Damm und Stettin nicht mächtig war. Jetzt besaß nun zwar der Churfürst die im vorigen Jahre von dem Feinde preisgegebene Stadt Damm; allein die starken Schanzen des Zolles und des Blockhauses, die in den Händen der Schweden waren, hinderten jeden Angriff auf Stettin, der von der Wiesenseite ausging. Der Churfürst verfuhr also folgendermaßen.

Bei Güstow, 1 Stunde südlich von Stettin, ließ er eine Brücke über die Oder schlagen, und an den Enden durch Schanzen, in der Mitte durch ein Blockhaus, welches auf einer Insel lag, befestigen. Von hier aus bahnte der General Schwerin, dem zu diesem Behufe eine starke Fußmacht zugetheilt war, mit unglaublicher Mühe einen Weg etwa 1 Meile lang durch die mit Busch bewachsenen morastigen Wiesen, bis er zwischen Zoll und Blockhaus, also zwischen den beiden Reglitzen vor dem Damme erschien. Durch gefällte Bäume, Büsche und Faschinen hatte er diesen Weg durch die Brücher fest genug gemacht, Mannschaft und Geschütz zu tragen. Gegen den Damm nun warf General Schwerin in der Wiese eine hohe Schanze auf, aus der er zwar durch den Obrist v. d. Noht, welcher 10 Tage zuvor in der Festung angekommen war, vertrieben, und seine Stücke vernagelt wurden; doch kehrte er bald wieder, schoß das Blockhaus in Brand, so daß es mußte aufgegeben werden; und setzte auch dem Zoll mit Feuerkugeln, Granaten und anderen Geschossen also zu, daß der Kommandant Major Storch, Zoll und Brücke selbst anzündete, und sich mit Mannschaft und Geschütz zu Wasser rettete (am 17. Juli). „Unter die, so ihn beim Abfahren begleiten wollten, spielte er aus Stücken dermaßen, daß viele ins Gras bissen.“ Daß man jedoch diesen Posten so leicht aufgab, wird von Einigen getadelt. Als die Brandenburger in den Zoll einrückten, fanden sie angeschrieben:

Ist dies der rechte Weg, Herr General Schwerin,
Zur Vorstadt der Lastad, nach Alten Stadt Stettin?

welches sie in einem späteren Liede also beantworteten:

Der klug und tapfre Held, der General Schwerin,
Macht einen neuen Weg zur Alten Stadt Stettin;
Wie er vorhin gebahnt die Schanze bei der Schwin,
Und mit Gewalt erstieg die feste Stadt Wollin rc.
Reim hin, reim her gemacht, zu reimen ist nicht Zeit;
Zu räumen aber wohl; und ist ein Unterscheid rc.
Es reimet in der That der General Schwerin,
Und reicht mit seinem Reim bis in die Stadt Stettin.

Von der Stadt aus beschoß man nun zwar das Block=
haus, erreichte aber weiter nichts, als daß „einem Solda=
ten, der Taback schmauchte, der Kopf vom Rumpf glatt
weggeschossen wurde." Der General Schwerin hingegen
verfolgte seinen Weg gegen die Stadt, und legte sich auf
den Damme so nahe als möglich vor die durch ein Ravelin
geschützte Parnitzer Brücke, wo er sich vergrub, verbaute,
und zu künftigem Beschießen der Stadt gewaltige Batterien
aufwarf. Die Schwedischen Schalen, flache Fahrzeuge,
welche von der Reglitz aus diese Arbeit zu hindern ver=
suchten, konnten auf die Länge gegen das feindliche Kar=
tätschenfeuer sich nicht halten. Als auf diese Weise an der
östlichen Seite die Unternehmung der Belagerer in vollen
Gang gebracht war, ließ der Churfürst den General
Schwerin durch den Obristen von Schöning ablösen, und
berief jenen auf die Landseite, damit er auch dort die
Anlegung der Werke leiten hülfe.

Dort war inzwischen nichts Bedeutendes vorgefallen.
Doch waren die Lüneburger angekommen (23. Juli)
und setzten sich bei der Oderburg in die noch aus Gustav
Adolphs Zeit übrigen Werke, beherrschten durch eine aufge=
worfene Redoute die Oder, und begannen ihre Laufgräben.
Ihnen war der Angriff der Stadt von der Seite des
Frauenthores aufgetragen. Es führte sie der Herzog von
Holstein und der General Rudolf von Endten. Führer

und Volk scheinen ausgezeichnete Soldaten gewesen zu sein. Der Churfürst hatte ihnen 3000 Brandenburger zugegeben.

Am 1. August gaben die Belagerer zur Feier des von den Dänen über die Schweden erfochtenen Seesieges eine dreifache Salve aus 79 Stücken, wie auch von der gesamten Infanterie die rings um die Festung aufgestellt war, und aus den 169 Geschützen der Kaper, welche im Dammischen See lagen. Nur mit 3 Schüssen antwortete Stettin, allein am folgenden Tage Nachmittags ließ sich, wie mehrere Erzähler berichten, „ein fast übernatürlich und seltsam Donnerwetter hören, welches Alles erschütterte, und ins besondere drei Schläge wie von Kanonen gab", so daß die Stettiner glaubten, der liebe Gott selbst übernehme die Antwort für sie. An demselben Tage (23. Juli) erschien ein feindlicher Trompeter vor der Stadt, welchem der Obrist v. d. Noßt samt einigen Offizieren entgegen ritt, sein Anbringen vernahm, und ihn unverrichteter Sache zurück gehen ließ. — Die Churfürstlichen leichten Schiffe, welche man ins Haff und in den Dammischen See geschickt hatte, um der Fischerei zu wehren und Stettin einzuschließen, erschienen am 2. August Abends, 15 an der Zahl, vor dem Dunsch; umlegten die Schwedischen Wachtschiffe in Gestalt eines halben Mondes, trieben sie in die Stadt, und zerstörten die doppelte Reihe von Pallisaden mit welchen der Strom verpfählt war. Ueber 400 Kanonenschüsse wurden gewechselt. Am 6. August gingen 3 Schwedische Wachtschiffe und 4 Schalen wieder in den Dunsch, wo sich ein heftiges Gefecht entspann, in welchem über 1000 Kanonenschüsse fielen, und welches Brandenburgischer Seits mit dem Stranden zweier Fahrzeuge, mit dem Verlust einer schönen Fregatte von 12 Stücken und mit Rückzug endete, Schwedischer Seits aber mit Einnahme der frühern Stellung. Von der Landseite indessen nahm der Churfürst, dessen Lager am Schweinsgrunde und an der Galgwiese stand, die Sternschanze ein (5. August), legte eine Redoute an der Oder an, und ging mit den Laufgräben vor.

So waren im Anfange des August die Belagerer schon von allen Seiten eng um die Stadt zusammengerückt. Dicht vor dem Parnitzer Thore lag mit seinen Batterien Obrist Schöning; in dem Dunsch die Flottille; vor dem Frauen-Thore mit starken Batterien General Endten, welcher bald auch eine Brücke über die Oder schlug, und auf der Schläch- terwiese am Dunsch eine Schanze anlegte; vor dem Mühlen- thore (dies lag: wo jetzt die Bildsäule Friedrichs 2. steht; ein Anklamer Thor gab es noch nicht), dem Neuen Thore (Berliner), und dem H. Geistthore lagen die Brandenburger, deren Hauptbatterie von mehr denn 40 Kanonen und Mör- sern auf dem Mühlenberge stand, ungefähr da wo jetzt die Treppe zum Schneckenthor herunterführt. Die trefflichen Truppen standen in den Lagern und den Laufgräben, reichlich versehen mit allen Bedürfnissen; im Rücken ihr eigenes und das schon eroberte Land; an ihrer Spitze kriegs- erfahrene Führer; in ihrer Mitte den großen Fürsten mit der Fürstl. Familie und anderen fürstlichen Personen, deren Glanz erhöht wurde durch die vielen Gesandten fremder Potentaten, welche ab und zu gingen. So, im Gefühl ihrer Kraft, überzeugt von der Gerechtigkeit ihrer Sache, geho- ben durch die schon erfochtenen Siege über einen Feind, dessen Macht in Deutschland sich zu Ende zu neigen schien, und der so eben in zwei Seeschlachten auch den Dänen unterlegen war, bereiteten sie sich, Vernichtung über die Stadt auszuschütten, welche sich dem Willen ihres Fürsten nicht fügen, und von dem bisherigen Herren nicht lassen wollte. —

Doch es ist Zeit, daß wir auch in die bedrängte Stadt eintreten, und mit derselben Theilnahme, welche uns die unsichtigen und energischen Anstalten des rüstigen Gegners abdringen, auch dem Treiben der muthigen Garnison und Bürgerschaft des umzingelten Ortes zusehen. — Drinnen standen 5 Regimenter. Das des Obristen Uhlspar, die Schmaländer, die Schonischen und Jämtländer, welche letzteren beide zusammen 8 Kompagnien ausmachten, hielten die Stadt besetzt: das Regiment des General-Lieutenants von Wulffen und das des Obristen Krämer besetzten die Lastadie; beide oder das letztere wenigstens bestand aus Deutschen. Ob die Summe aller, oder einiger derselben sich auf 1900 Mann belief, ist aus den undeutlichen Angaben nicht zu ersehen. Reiter waren ungefähr 400 vorhanden, von denen die unberittenen zu Grenadieren gemacht wurden. An einem Orte wird die Stärke der Garnison überhaupt auf 3000 Mann angegeben. Die bewaffnete Bürgerschaft bestand aus 11 Kompagnien, deren einige über 200 Köpfe stark waren: 6 Kompagnien hielten die Wälle besetzt, 2 standen immer in Reserve: die Lastadischen bewachten ihre Vorstadt, und wurden nöthigenfalls unterstützt. Auch Bauern, Bootsleute, Handwerksbursche, Kaufdiener, Studenten, ja Frauen und Mädchen erschienen als Theilnehmer des Kampfes. Kommandant war der kluge und wackere General-Lieutenant von Wulffen. Ihn unterstützten eifrig und beseelten mit ihm das Ganze der Obrist v. d. Noth, der Obrist v. Isensee, und andere ausgezeichnete Offiziere. Auch unter der Bürgerschaft fehlte es nicht an hervorragenden Geistern. Vor andern verdient in dieser Hinsicht die Erneuerung des Andenkens der Name Wichenhagen, der uns weiter unten noch begegnen wird.

Mit Kriegs- und Lebensbedürfnissen war man hinlänglich versehen. Die Stadt war durch Gustav Adolph und seine Nachfolger auf eine neue Weise und sehr stark be-

festigt worden. Jetzt umzog man in der Eile noch die
Lastadie mit dem Wassergraben. Drei Meilen um die
Stadt hatte man von Schwedischer Seite schon vor der
Ankunft des Churfürsten Alles verheert. Von Ergebung
durfte Niemand sprechen, ja Wichenhagen soll einen
Bürger, der dies dennoch wagte, erschossen haben. Man
hoffte sich zu wehren und dem Könige Stadt und Land zu
erhalten, bis Ersatz käme. Von der Güte und Gerechtigkeit ihrer Sache waren auch die Belagerten vollkommen überzeugt, und zur hartnäckigsten Vertheidigung entschlossen; nicht
aus Unbesonnenheit, sondern aus einer Reihe von Gründen,
die wir später berühren wollen. Daß Kaiser und Reich sie, weil
ihr König in die Brandenburgischen Länder eingefallen, von
Eid und Pflicht gegen denselben entbunden, und samt Vorpommern an den Churfürsten als ihren nunmehrigen Herren
gewiesen, mochte zwar ihres Gegners Sicherheit mehren,
doch sie konnte es natürlich nicht rühren, da ihr König
selbst sie nicht aus seinem Gehorsam entlassen hatte. Tapferkeit war übrigens von den Vorfahren auch ihnen ange-
boren, wie ihren Gegnern, und der vereinigte Löwe und
Greif hoffte den Kampf gegen den Adler wohl zu bestehen.

2. Große Bombardements im August und September.

Der Feind hatte vermieden, das Geschütz gegen die
Stadt ernstlich zu gebrauchen, bevor alle Batterien fertig
waren. Am 14. August, Morgens 6 Uhr endlich, begann er vom H. Geistthor (Mühlenberg), Frauenthor und
Parnitzer Thor her, Stadt, Bollwerk, Brücken, Schiffe und
Lastadie zu beschießen, und zwar aus 150—60 Stücken
zugleich. „Dadurch entstand ein so grausames Donnern und
Krachen, als ob Himmel und Erde einfallen wollten." Unter
den an diesem Tage Gebliebenen in der Stadt wurde am schmerz-

lichsten betrauert der ehemalige Vertheidiger von Demmin, der thätige und beliebte Obrist Baron v. d. Noht. Unten am Walle, von dem er eben herunter ritt, bekam er inmitten vieler Offiziere von einer zerspringenden Granate eine gefährliche Wunde am Hirnschädel, an welcher er am dritten Tage starb. „Er nahm das Lob standhafter Treue gegen seine Stadt und seinen König mit in das Grab."

Nach diesem schädlichen Präambulum, wie ein Erzähler es nennt, dauerte das heftige Beschießen Nacht und Tag fort. Am 15. August schon sah man fast sämtliche Schiffe am Vollwerk gesunken oder schwer zerschossen. Am 16. August fing der Feind an mit glühenden Kugeln zu spielen. Eine derselben drang recht unter dem Knopf in den Thurm der St. Marienkirche, und setzte diesen „Gott erbarm es" in Brand. Der Wind wehete heftig, und die Brunst, da sie ganz oben entstanden, war nicht zu löschen. Denn das feine Kupfer, womit „die Schwedische Mildigkeit" den Thurm bedeckt hatte, floß denen die da retten wollten, auf die Leiber; das Wasser der Sprützen dagegen, die von unten wirkten, fuhr ihnen in die Augen; so daß Niemand bei dem Feuer auszudauern vermochte. Von der Marien flog die Flamme auf die schöne St. Peterskirche, welche, wie heute, jenseit des Stadtgrabens (Königsplatzes) auf dem Walle stand; und verbrannte Thurm, Glocken und Dach bis aufs Gewölbe, da man in der Bestürzung das Retten versäumt hatte. Auch das Gymnasium und 3 Kirchenhäuser wurden in Asche gelegt. Bevor es Abend wurde, war dies Alles zerstört. „Denn es fiel wie in einem Hui über den Haufen."

Auf den traurigen Tag folgte eine ähnliche Nacht (vom 16—17. August). Bei dem fortdauernden Schießen flogen zwei glühende Kugeln nach einander fast in die Mitte des Thurmes der St. Jakobikirche. Der heftige Wind

verbreitete das Feuer unaufhaltsam. Das durch Alter, rie-
senhafte Größe und Schönheit ehrwürdige Gebäude ge-
währte einen schauerlichen Anblick. Der hohe Thurm brannte
durch das Dunkel der Nacht mit seinem Feuer bis in die
Wolken, und stürzte endlich mit entsetzlichem Krachen und
Prasseln samt den Glocken durch das zerschmetterte Dach
und Gewölbe in die Kirche hinunter, so daß die Flamme
bis in die Gräber drang. (S. die in der Jakobikirche auf-
gehängte Tafel v. J. 1693.) Auch die treffliche Bibliothek
und 6 umherliegende Häuser gingen unter. Dies geschah in
der Nacht vom 16. zum 17. August von etwa 11 — 2 Uhr.
Am Morgen darnach starb der Obrist v. d. Noht.

Während des Brandes sollen die Stettiner einen Tam-
bour ins Lüneburger und einen Trompeter ins Brandenburgische Lager geschickt haben, mit dem Ansuchen: „Sie
möchten doch die Kirchen und Schulen verschonen, und sich
an Wall und Mauern revangiren"; dem aber von dem General Dörfflinger folgende „hochvernünftige" Antwort
ertheilt worden; „Sage dem, der dich ausgeschicket, daß er
mir nicht vorschreiben muß, wie ich eine Stadt attaquiren
soll". Von der Sage (Wulstrack Nachtr. 89.), daß die
Belagerten bei dem Feuer des Churfürsten spottend geru-
fen: „Hört, wo de Kohförst knappt!" und daß sie, um den
Feldmarschall von Dörfflinger zu kränken, der angeblich
früher ein Schneiderbursche gewesen, einen Schneider mit
Elle und Scheere gemalt, und an der Marienkirche aus-
gehängt hätten, — findet sich in den oben verzeichneten
Quellen nichts. Daß der Jacobithurm von selbst in Brand
gerathen sei „durch Gottes Verhängniß und ohne Schießen",
wie mehrere halb oder ganz Churfürstliche Erzähler berichten,
ist aus allen Umständen unwahrscheinlich.

Die Petrikirche wurde im ferneren Laufe der Belagerung völlig zerstört. Ein starker Wind mit Schneege-

stöber warf den schon erweichten großen Westgiebel auf das
Gewölbe, und zerschmetterte Alles bis auf 3 Pfeiler, welche
späterhin gleichfalls von Granaten zertrümmert wurden.
(S. die Matrikel der Kirche.)

In den nächsten Tagen dauerte das Schießen der Belagerer so stark fort, daß man bisweilen ganze Salven von
Geschütz zu 10 und 20 Kanonen hörte. Am 18ten August
ungefähr ließ der Churfürst durch einen Adjutanten und
einem Trompeter die Stadt von neuem zur Ergebung auffordern. „Der Marienthurm sei nicht mit Vorsatz in Brand
geschossen. All das Unglück thue Sr. Churfürstlichen
Durchlaucht um Kirchen und Stadt leid. Sie möchten sich
ergeben: so wolle Er einen Akkord eingehen, wie sie ihn
verlangten. Es stände ihnen frei, durch Deputirte seine
Artillerie in Augenschein zu nehmen, und sich zu überzeu-
gen, daß noch nicht die Hälfte gebraucht worden sei.“
Allein weder der General noch die Bürgerschaft mochten
von Akkord wissen. „Sie wären nur gesonnen, erwiederten sie, sich zu wehren. Sie wollten ihrem
Könige, wo nicht die Stadt, doch die Wälle und
die Mauern überliefern. Die Churfürstliche Artillerie zu besehen sei nicht nöthig.“ So hatte denn
dies heftige Bombardement nichts zur Folge, als daß Bürger und Soldaten sich aufs neue und noch enger verbanden, „alle für einen Mann zu stehen, und sich bis aufs
Blut zu wehren.“

Man würde sehr fehlen, wenn man in dieser Standhaftigkeit nichts als hartnäckigen Eigensinn, Verblendung
oder, wie einige Gegner thun, gar Rebellion sehen wollte.
Wer sich die Mühe nimmt, die Lage der Sachen näher zu
prüfen, wird anders urtheilen: und jetzt, wo längst die
streitenden Parteien versöhnt und in Eins verschmolzen
sind, läßt sich frei und ruhig darüber sprechen. Schon die

Zeitgenossen gaben mehr oder minder offen folgende Gründe des hartnäckigen Widerstandes der Bürger an: Die uralte Abneigung und Feindschaft der Pommern gegen die Brandenburger, die schon Ströme Blutes gekostet hatte; — die Verschiedenheit der Religion, da die Pommern Lutherisch, der Große Churfürst reformirt war; die Furcht vor den weit höheren Abgaben unter Brandenburgischer Herrschaft; die Besorgniß, die vortheilhaften Privilegien geschmälert zu sehen; andererseits die kluge Begünstigung der großen Städte und ihrer Privilegien durch die Schweden, deren Herrschaft überdies völlig rechtmäßig schien, und die als Befreier Deutschlands und tapfere Männer noch in Ehren, und als Lutheraner den Pommern näher standen. Rechnet man dazu die angeborene Herzhaftigkeit, die glücklichen Erfolge des in den früheren Belagerungen geleisteten Widerstandes, die Aussicht auf Sukkurs, späterhin vielleicht die Besorgniß vor der Rache des Churfürsten gegen die Hartnäckigen, vor allem auch die äußerste Erbitterung und Empörung der Gemüther, als die Bürgerschaft ihre alten und schönen Kirchen, und wie es schien muthwillig, in Asche gelegt sah: so wird es erklärlich, wie die Bürger jeden Akkord von der Hand weisen, und mit unerschütterlicher Beharrlichkeit selbst den Soldaten vorangehen konnten; welche ihrerseits die seit Fehrbellin wankende Schwedische Ehre zu retten, und dem Könige in dieser Stadt das ganze Land zu bewahren hatten. Es waren also wahrhafte und große Interessen, welche hier verfochten wurden gegen den Fürsten, der selbst wieder als Befreier und Rächer seiner verheerten Länder, als Beschränker der in Deutschland eingedrungenen Fremdlinge, als eigentlicher Erbe eines trefflichen und ihm unentbehrlichen Landes auftrat, welches seinen Vorfahren, obgleich in aller Form eines rechtlichen Friedensschlusses, entzogen war. Je mehr man sich diesem Gedanken überläßt, desto anziehender und großartiger erscheint die Lage der streitenden Parteien.

Den unglücklichen Belagerten indessen waren noch harte Zeiten beschieden. Ohne Rast setzte der Feind mehr oder minder heftig das Beschießen der Stadt und die Vollendung seiner Werke fort. Tagtäglich kam er näher, verstärkte seine Trancheen und Batterien, verwahrte sie mit doppelten Gräben und spanischen Reitern, und begann zu miniren, um die Contrescarpe zu öffnen, welcher er ganz nahe stand, und von der er zum Theil durch Salven mußte vertrieben werden. Auch vor dem Mühlenthore warf er am 28. August eine starke Schanze am Rabenstein auf, welche die Lüneburger durch einen langen Laufgraben mit ihren Werken an der Oder verbanden. Wenig halfen die häufigen und muthigen Ausfälle der Besatzung in die feindlichen Approchen, wenig daß am 29. August das Wasser schwoll, und die Wiesen blank standen, obgleich dadurch die Lüneburger am Dunsch und das Lager an der Parnitz belästigt wurden.

Am 5. September schlichen etwa 30 Bootsfahrer in 8 Kähnen durch alle Stromwachen hinaus nach Bergland, wo sie feindliche Schiffskapitaine suchten, und zwar nicht diese, doch etwa 150 feindliche Pferde auf der Weide antrafen, dieselben niederstießen, und mit 12 gefangenen Dragonern und Bauern glücklich heimkehrten.

Am 8. September begann wieder ein fürchterliches Feuer der Feinde aus allen Batterien und Mörsern, welches seine Zerstörung über Häuser und Menschen verbreitete, und unter andern den tapfern und klugen Rittmeister Ritter hinraffte. Die Ladungen erfolgten wiederum oft wie Musketensalven. In 3 Stunden waren die Schießlöcher und Schanzen der Festung so zugerichtet, daß von allen ihren Geschützen nur ein einziges antworten konnte, welches auf einer

Schanze vor dem Mühlenthore stand. Am 29sten rechnete man über 3000 feindliche Schüsse, ohne die aus den Mörsern; am 30sten 4000; und so ging es fort bis etwa zum 15. September. Um von den Wirkungen der Kugeln eine Vorstellung zu geben, theilen wir folgende Stellen aus den geführten Tagebüchern mit, unter denen besonders das Diarium obsidionis reich an solchen Sachen ist. Wir wählen, der Erzählung vorgreifend, meist aus den Ereignissen der Monate, die auf dies Bombardement vom 29. August folgten. An eingeworfenen Geschossen werden in den Tagebüchern namhaft gemacht außer den kalten Kugeln: kleine und große glühende Kugeln, Granaten, Bomben, Bettelsäcke, Stinktöpfe, Stinksäcke, Kissen worunter Fußangeln rc. Granaten werden erwähnt von 400 Pfund Gewicht, davon das Eisen 5 Finger dick gewesen. Ein Mörser kömmt vor der 750 Pfund warf.

Den 21. August sind 4 kleine Kinder, vater- und mutterlose Waisen, in der Schulzenstraße jämmerlich von einer Granate zerquetscht worden.

Den 30. September „fiel eine Granate vor die Thür der Frau Wassow, und hat 6 Personen, darunter 3 Kinder der genannten Frau, jämmerlich zerquetschet, die Hüte auf den Köpfen, die Röcke an den Leibern in Stücke zerschlagen. In Summa, wie man erfahren können, haben die Granaten an selbigem Tage 48 Personen in der Stadt getödtet, ohne die, so blessirt worden."

Den 1. Oktober. „Unter andern fiel eine Granate eben zu der Zeit, da Predigt gehalten worden, in St. Johannis Kirchen, welche 9 Leute in derselben getödtet und 6 gefährlich blessiret. An demselben Tage schlug eine Granate 4 Soldaten am H. Geistthor zu Tode, wie auch noch einen Mann im Keller. Ein Junge ward von einer Musketenkugel in der Frauenstraße todtgeschossen."

„Den 8. Oktober wurde am Abend einem Gewürzkrä-
mergesellen der linke Fuß von einer Granate abgeschlagen,
und er hat nach vielem Jammertreiben endlich seinen Geist
aufgegeben."

„Den 9. Oktober ward von einer Granate im St. Johan-
niskloster eine Frau todtgeschlagen und 2 tödtlich blessiret."

„Den 10. Oktober zählte man 14 Personen, so todt und
beschädigt. Einem Bäcker ist auf dem Wall der Kopf weggenommen; Lieutenant Wrangel der Kopf ebenfalls auf
der Lastadie von einer Stückkugel weggenommen."

„Den 20. Oktober. Einem Drechslergesellen wurde auf
dem Wall das halbe Gesicht von einer Stückkugel weggeschossen; ein Bauersmann von einer Granate aus einer
Stube des Schlosses durchs Fenster auf den Schloßplatz
geworfen, und also zu Tode geschlagen."

„Am 15. Oktober wurde von einer glaubwürdigen Person, welche diese Zeit über sich nach allen Leuten, so von
Kugeln und Granaten das Leben eingebüßt, genau erkun-
diget, in der Versammlung vieler Leute auf dem Wall als
gewiß angegeben: daß an Bürgern, Bauern, Weibern und
Kindern, ohne die Soldaten, bis jetzt (15. Oktober) 531
zu Tode gekommen."

„Den 16. Oktober sind 2 Handwerksbursche, einer auf
dem Wall von einer Musketenkugel, der andere auf freier
Gasse von einer Granate zu Tode gekommen; desgleichen
7 Leute in einem Hause der Fluchstraße durch eine Granate,
die das ganze Haus auf sie geworfen; ferner ein Mädchen
beim Neuen Thor, ein Kind auf dem Elendshof, eine Magd
und ein Kind auf dem Roßmarkt in einem Keller, noch
eine Magd, welcher, da sie auf der langen Brücke ging, eine
Stückkugel beide Beine wegnahm."

„Den 18. Oktober. Eine Granate schlug auf dem
Schlosse in einer Stube 5 Gefangene todt."

4

„Den 26. Oktober hat sich auch ein erbärmlich Exempel in H. Joh. Ruthen Hause in der breiten Straße zugetragen, indem 10 Leute darin von einer Granate jämmerlich zerquetschet, unter welchen 5 todt, darunter ein Priester M. Mann, in seiner Studierstube getödtet, die anderen alle tödtlich blessiret. Desgleichen ist einem Reiter auf des Königs Bollwerk von dem Stück einer Granate das Bein am Leibe weggeschlagen, und hat dieselbe Kugel in der Mühlenstraße ein kleines Kind so klein von einandergerissen, daß es bei fingerlangen Stücken kaum hat wieder zusammengebracht werden können."

„Am 17. November. Eine Edelfrau vom Ramminuengeschlecht, ihres Alters 80 Jahr, ist unter den Trümmern eines Hauses in der Domstraße, welches von einer Granate gänzlich über den Haufen geworfen, begraben und ersticket."

„Am 21. Dezember sind 4 Leute auf dem Heumarkt am Rathhause von einer eben fallenden Granate, die sich zwischen ihnen umherwälzte und dann in das Wachthaus rollte und zersprang, verletzet worden, daß es jämmerlich anzusehen; indem einer Frau die beiden Beine abgefallen, die bis ans Rathhaus geflogen, der anderen ꝛc."

Doch wir werfen gern den Schleier über die schauderhafte Ausführlichkeit dieser Angaben.

3. Kampf um die Werke. Fortdauerndes Beschießen der Stadt.

Nach dem 8. September und den nächstfolgenden Tagen, geschieht in den vorhandenen Berichten eines Bombardements aus allen Geschützen nicht mehr Erwähnung; denn das ernstliche Beschießen überhaupt hörte nicht auf bis ans Ende der Belagerung. Zwei ereignißreiche Monate waren nun (Mitte September) verflossen. Der Feind stand an den Gräben; die Stadt lag mit Blut überschwemmt

größtentheils in Trümmern; zum Entsatz war nicht viel
Aussicht. Man hätte vielleicht mit Ehren kapituliren können:
doch fern war dieser Entschluß dem Sinne der Vertheidiger;
und höher hing der Lorbeer, welchen sie erringen sollten. Es
begann jetzt in der Belagerung nur ein neuer Abschnitt, in
welchem die Vertheidiger in saurem und blutigen Streite
durch neue 3 Monate einen Heldenmuth entwickelten, der
die Erinnerung an die Namen Sagunt, Numanz, Saragossa und ähnliche nicht zu Spotte macht. Es galt jetzt die
Festungswerke selbst vertheidigen, und dies geschah Schritt
vor Schritt durch Geschütz und Gewehr, durch Ausfälle
und Minen mit einer Festigkeit und Einsicht, welche ihnen
bei Freund und Feind, man kann sagen über ganz Europa,
Achtung erwarb, und für ähnliche Fälle ein glänzendes
Muster darbietet. Es ist nicht möglich, ausführlich hier die
Reihe von Gefechten und Vorfällen zu erzählen, in welche
dieser Kampf sich ausbreitete. Es wird genügen, einige vor
Augen zu stellen, und den Erfolg im Ganzen zu berichten.

Den 25. September „ließen die Lüneburger ihre Minen
unter der scharfen Ecke am Frauenthore springen und öff-
neten dadurch die Contrescarpe. Als nun des Nachts die
Belagerten dieselbe schließen wollten, wurde deswegen sehr
gestritten und mit Handgranaten gefochten, deren die
Nacht bei 600 (in der folgenden Nacht über 1000) geworfen,
und 16 von der Garnison beschädigt wurden. Es brachen
auch die Lüneburger in dieser Nacht in der Belagerten Minen ein, deswegen daselbst auch Streit war, mußten aber
den Platz den Belagerten räumen."

Den 27. September „sprengten die Belagerten abermals
2 Minen unter den feindlichen Werken, wodurch des Feindes Mine niederfiel und die Arbeiter erstickt wurden. Oberhalb der Sappe wurden viele beschädigt und in die Erde
lebendig begraben. Die noch halb heraussteckten, wurden

von den Ausfallenden, deren 100 waren, mit Piken und Degen erstochen." „Es ist wohl gewiß," sagt ein Erzähler, „daß in langer Zeit in keiner Belagerung von beiden Theilen so großer Effekt mit Miniren und Schießen gethan worden, als vor diesem Orte."

Den 24. September „rollte der Feind 6 Bomben nacheinander in die scharfe Ecke, und zuletzt eine Sturm= tonne, welches ein großes Rasseln und Prasseln verur= sachte. Endlich aber brachten ihrer 4 eine sehr große Bombe auf einer Stange getragen, und als sie selbige einsenken oder abrollen wollten, fiel dieselbe in ihre eigene Sappe und schlug viele der Ihren zu nichte; wiewohl auch davon der Belagerten Mine einfiel und etliche Bauern erstickten. Es war aber dieser Aktus noch nicht zu Ende, als sofort Holz, Faschinen, Theer und Pechkränze unter einander so häufig an die Pallisaden der scharfen Ecke angeworfen wurden, daß dieser Berg das Werk überragte, und da er angezündet, eine schreckliche Flamme von sich gab. Gleich= wohl ging solches alles Gott Lob ohne Schaden ab, und wurde nicht eine Pallisade verbrannt, noch weniger jemand beschädigt. Indessen stund der Feind mit seinen Feldzeichen parat zum Sturm oder Anfall."

Den 4. Oktober „sprengeten die Brandenburgischen eine Mine unter der scharfen Ecke vor dem H. Geistthor, welche das ganze Werk hub. Weil aber gleich damals 200 Mann bereit standen einen Ausfall zu thun, trieben selbe den Feind zu= rück, daß er nicht Posto fassen konnte; wiewohl von den Belagerten 1 Kapitain und 17 Gemeine beschädigt wurden. Es ist die ganze Belagerung über nicht grausamer mit Hand= granaten gefochten worden, als diesesmal; denn von beiden Parteien war recht Anstalt dazu gemacht: 50 Grenadiere waren aus der Besatzung da, und werden der feindlichen nicht weniger gewesen sein. Diese warfen die Granaten so häufig gegen einander, daß nichts als Feuer und Knall zu sehen und zu hören war, und deswegen das Schreien der Beschädigten nicht konnte vernommen werden. Gegen Abend wurde Major Storch mit einem Stücke erschossen, imgleichen ein Fähndrich."

Am 27. September als die Brandenburger sich der Contrescarpe bemächtigten, wurden etliche 40 der Belagerten in derselben abgeschnitten, und flüchteten sich in ein unter ihr befindliches Gewölbe. Sofort wurde das Loch von dem Feinde besetzt, und von oben so viel große und kleine Granaten, Stinktöpfe und Pechkränze hineingeworfen, daß man ein jämmerliches Geschrei hörte, und die Eingeschlossenen entweder ganz zerschmettert oder erstickt wurden. —

Unter den vielen Ausfällen der Belagerten, welche an der Wachsamkeit der mannhaften Gegner fast immer scheiterten, und im ganzen die Garnison nur schwächten, kömmt ein größerer und glücklicherer vor am 19. Okt. Zwei Majors mit 300 Mann, darunter viel Bürger, Bauern und Handwerksbursche, auch Reiter, fielen zu Wasser und zu Lande in die Werke der Lüneburger am Frauenthore, und tödteten viele Feinde, unter ihnen den Obristen Jäger, vernagelten die Stücke, und brachten 2 Offiziere, 27 Gemeine und 2 eroberte Geschütze mit in die Festung. Noch glücklicher würde die Sache ausgefallen sein, wenn die Besatzung ein Feldzeichen gehabt hätte. So aber ließen die in Reserve stehenden Bürger und Soldaten einen Sukkurs frei über das Feld in die Approchen einziehen, weil sie denselben der ähnlichen Kleidung wegen für Schweden hielten. Nachträglich sei bemerkt, daß einer Angabe zufolge die Stettiner auch in der Nacht des 21. Aug. einen wüthenden Ausfall gemacht hatten, um wo möglich ins Churfürstliche Hauptquartier zu gelangen. Doch wurden sie zurückgeschlagen, und sollen beiderseits über 1000 Mann geblieben sein.

Auch an scherzhaften Vorfällen fehlte es nicht, in welche sich freilich hie und da der bittere Ernst mischte. Bei einem nächtlichen Ausfall am 13. November konnte man keines Gefangenen habhaft werden, obgleich dies der eigentliche Zweck des Auszuges war. Am Ende erhaschte man doch einen, zog ihm die Kleider aus, und schleppte ihn in die Festung. Als man ihn hier genauer besah, erkannte man in ihm einen der eigenen Leute, einen Franzosen von Geburt, den man in dem Getümmel als Feind ergriffen, und, da wahrscheinlich alles Protestiren nichts geholfen, ihm also mitgespielt hatte. Wenn es in einzelnen Pausen, zu denen es jedoch sehr selten kam, einmal friedlicher herging, so warf man aus der Stadt warme Semmel, von außen Taback, Citronen und andere Erfrischungen den Gegnern zu. Bei dem Schanzen und Miniren aber bewillkommneten sie einander mit Schaufeln, mit Erde und Steinen, die sie sich auf die Köpfe und ins Gesicht warfen.

So ging die blutige Arbeit ihren langsamen Gang fort. Man umstrickte den eingeschlossenen Löwen immer enger, und drängte den sich Sträubenden Fuß vor Fuß rückwärts in seine Lagerstätte. Alle Außenwerke wurden allmählig genommen. Man ging mit den Approchen in die Contrescarpe, von dort in den Graben, von dort in und auf den Hauptwall. Die einzelnen Schanzen unterlagen endlich alle dem wiederholten Beschießen, Miniren und Stürmen. Nicht Furcht oder Mitleid, nicht der eintretende Frost, nicht der Tod des vornehmsten Churfürstlichen Ingenieurs General-Quartiermeister-Lieutenants von Blesendorf, welcher am 2. Oktober mit einer Musketenkugel durchs Herz geschossen fiel, hemmte die stätigen Fortschritte der Belagerer.

Der Churfürst indessen war bei den Seinen in dem wohlversehenen Lager, und empfing hin und wieder die

vornehmen Boten seiner Alliirten und Freunde. Am 22.
September, als Morgens die Nachricht eingetroffen, daß die
Dänen Rügen genommen, erschien Abends im Lager mit dem
Dänischen Gesandten der Führer der Holländischen
Hülfsflotte, der Admiral Tromp. Am folgenden Tage
fuhr der Churfürst mit demselben in den Trancheen, und ließ
salvenweise aus dem Geschütze auf die Stadt feuern. So
kamen am 18. November Gesandte des Kaisers und des Königs von Polen. Abgeordnete von Danzig waren schon
früher angelangt. Am 20. Dezember wurde im Lager gar
eine Tartarische Gesandtschaft in öffentlicher Au-
dienz empfangen. Der Churfürst saß auf einem roth sam-
metenen mit Silber bordirten Sessel, welcher auf einer um
2 Stufen erhöhten und mit schönen Türkischen Teppichen
belegten Bühne stand. Der Gesandte brachte drei Schreiben, das eine vom Tartarischen Chan, das andere von dessen
Sohne, dem Sultan, beide an den Churfürsten; das dritte
an die Churfürstin. Seinen Vortrag hielt er stehend.
„Der Tartarische Chan ließ Seine Churfürstliche Durchlaucht seiner beständigen Freundschaft versichern, und Ihnen
wider alle Ihre Feinde alle Hülfe, wie stark und an welchem Orte Sie dieselbe begehrten, anbieten.“ Im November
kam auch ein Dänischer Sukkurs, von etwa 2000 Mann
wie es scheint, ins Lager mit einem Schreiben des Königes,
worin derselbe „Sr. Churfürstl. Durchlaucht sich empfiehlt
und bittet, daß Sie diese Völker zum Sturm gebrauchen
möchten, denn Se. Königl. Maj. wären ihrer Courage genugsam versichert.“ Uebrigens muß dem Churfürsten vor
dieser Stadt die Gefahr bisweilen doch ziemlich nahe
gewesen sein, wenn es wahr ist, was in einem Liede steht:
daß von einer Kugel, die über sein Haupt hinfuhr, ihm
„die Luft am Hute sausete.“

Inzwischen unterließ der Churfürst nicht, die Stadt

dann und wann zur Uebergabe aufzufordern. Am 25sten September ließ er durch einen Offizier in den Approchen den Belagerten zurufen: „Daß der erwartete Entsatz aus Liefland nicht kommen würde, daß dagegen Rügen eingenommen, und der Admiral Tromp selbst im Lager gegenwärtig sei. Se. Durchlaucht wollten erlauben, daß ein Offizier aus der Stadt käme, den Admiral zu sehen, und die Zeitung von ihm selbst zu vernehmen." Hierauf erfolgte die Antwort der Belagerten: „Es sei ihnen gleichviel, was in Rügen geschehen, und in Liefland nicht geschehen. Sie hätten nur zu thun, was ehrlichen Leuten zuständt."

Und bewundern muß man diese Standhaftigkeit der Belagerten, wenn man in das Innere der Stadt blickt. Ein Schreiben vom 13. November aus Stettin lautet also: „Wiewohl der Feind uns vor dem H. Geistthore sehr nahe gekommen, auch in der Face des Bollwerkes Posto gefaßt, auf derselben auch eine Batterie zu machen angefangen; so haben wir dennoch guten Muth es zu halten, und den Feind zu verhindern daß er unser Meister werde: sintemal wir nicht mehr als unser Leben zu verlieren, welches wir vor unsern König und unsere Privilegien zu geben schuldig, denn das Andere, nämlich Kirchen, Häuser und andere Güter ruiniret und consumiret sein. Haben uns demnach auf ein neues eidlich verbunden, bei einander zu leben und zu sterben, auch von keinem Akkord zu hören. An Proviant haben wir Ueberfluß, und gilt der Scheffel Rocken nicht mehr als einen halben Thaler; wir haben in der Stadt allenthalben Abschnitte gemacht (von Mist und Erde), auch die Stücke vom Wall in die Gassen gepflanzet, damit wir uns annoch vertheidigen können, wenn gleich auch der Wall an den Feind überginge. Hoffen also ferner zu triumphiren, wenn der Feind eine nochmalige

Attaque thun wird: und verlassen wir uns auf Gott und keinen Sukkurs." Ein gleichzeitiger und unparteiischer Erzähler fügt hinzu: „Aus welchem allem genugsam erhellet der standhafte Entschluß der höchst belobenswürdigen Stettiner, die ihnen durch die Ausdauer dieser so ernsthaften Belagerung einen unvergeßlichen Ruhm auf Kindes Kinder durch die halbe Welt erschallen machen." — Aehnlich dem Obigen lautet auch ein Brief des früher erwähnten Wichenhagen.

Die Stadt übrigens war nicht mehr zu kennen, und es wohnten die meisten Bürger in den Kellern. „Da war also große Noth und Elend in Stettin. Die Soldaten haben darin dermaßen abgenommen, daß oft die Kranken und Verwundeten mit auf die Posten gehen mußten." „Den 25. November vernahm man von zwei aus Stettin gekommenen Rohrschützen, wie sie nicht genugsam beschreiben könnten die ausdauernde Hartnäckigkeit der Bürgerschaft, welche bereits zu solcher Desperation gekommen wäre, daß sie weder Granaten, Kanonenkugeln noch einige Gefahr scheueten, sondern Tag und Nacht auf den Wällen lägen, und sich oft nicht mehr um ihre Frauen und Kinder bekümmerten. Als wenige Tage zuvor eine Magd auf den Wall gelaufen kam, und ihrem Herrn die Zeitung brachte, daß eine Granate in sein Haus gefallen, und ihm die Frau und 2 Kinder getödtet habe; konnte ihn dies nicht bewegen, den Wall zu verlassen, sondern er sagte zu der Dienerin: sie möchte nur dafür sorgen, daß sie unter die Erde kämen; und blieb nach wie vor auf seinem Posten, obgleich man ihm die Erlaubniß gegeben hatte, heim zu gehen." (Pomm. Waffenklang.) Solche spartanische Seelen pflegen nicht einzeln dazustehen. Ihre Gesinnung ist nur der Ausfluß einer allgemeinen Denkweise, welche sie ihrerseits wieder zu erzeugen und zu erhöhen beitragen.

Ihnen beizufügen sind in dem vorliegenden Falle auch die Männer, welche ihre Umsicht und Seelenstärke berief die Menge emporzuhalten und zu leiten; und die Namen von Wulffen, v. d. Noht, v. Isensee, Wichenhagen, Pust und andere vielleicht verdienen in dieser Hinsicht das ehrende und dauernde Andenken der Nachkommen.

Von dem General-Lieutenant Johann Jakob v. Wulffen wird gesagt: „daß er in allen und jeden Vorkommenheiten sein kluges Benehmen und stetige Wachsamkeit rühmlich habe sehen lassen.“ Insbesondere brachte er, als am 24. und 25. Oktober wegen der ferneren Vertheidigung der Stadt Spaltungen unter der Bürgerschaft auszubrechen schienen, durch seine Klugheit und Festigkeit in den Verhandlungen mit Bürgern und Kaufleuten unter Ausmärzung der räudigen Schafe Alles wieder ins Geleise. Gegen den Feind war er unbeugsam. Daß seine Tochter in der vorjährigen Belagerung schwer verwundet worden, ist dort erwähnt. Beim Akkord wird seiner wiederum gedacht werden. — Von dem „guten“ Obristen v. d. Noht, wie ihn ein Tagebuch nennt, ist oben gesprochen (S. 43). Von dem Obrist-Lieutenant v. Isensee, der in der Stadt, doch ein Churfürstlicher Vasall, vielleicht Gutsbesitzer in Hinterpommern war, und u. a. einmal in den Berathungen der Bürgerschaft sich mit großem Erfolge allen Gedanken an Akkord widersetzte, heißt es bei dieser Gelegenheit: Dieses hat auf Churfürstlicher Seite große Abneigung erregt, von Seiten des Obrist-Lieutenant Isensee aber eine resolute Tapferkeit und ein treues Herz gegen seinen der Zeit geschwornen Herrn, Ihro Königl. Majestät von Schweden, zu erkennen gegeben; da er sich entschlossen, um jenen beiden Potentaten zu genügen, für Se. Churfürstliche Durchlaucht bei etwaniger Eroberung der Stadt das Gut, für Se. Königliche Majestät von Schweden, gleich einem resoluten Soldaten das Blut und unverzagten Muth viel lieber in den Waffen zu verlieren, als den Titel eines treulosen Soldaten und feigen Memmen zu erwerben; da durch seine Zagheit seinem Könige ein überaus großer Schaden, durch seinen tapfern Tod aber ihm selbst ein unvergeßlicher Nachruhm erwachsen konnte." Gegen Ende der Belagerung wurde er am H. Geistthor in einem hitzigen Gefechte, in welchem er persönlich sehr thätig war, in dem eigenen Keffel von Pulver gefährlich verbrannt, und von einer oder zwei Kugeln durchbohrt; und starb in den nächsten Tagen, wahrscheinlich in der Gefangenschaft.

Unter den Bürgern scheint der Kaufmann Wichenhagen die Rolle eines Nettelbeck gespielt zu haben. Bald erscheint derselbe in den Tagebüchern, wie er mit dem Obristen Roht hinausgeht in die Mellen, um eine bequeme Stelle zu einer Schanze auszusuchen, doch durch das feindliche Feuer von dort vertrieben wird: bald wie er einen Bürger, der von Uebergabe spricht, mit einem Pistol erschießt: bald wie er in entschloffenen Briefen gute Zeitung aus der Stadt meldet: bald wie er eine feindliche Galeere erobert. Er heißt in den Tagebüchern „der bekannte", oder der „bekannte tapfere Wichenhagen" (auch Wiegenhagen). Daß er der Krone Schweden einen bedeutenden Vorschuß an Korn gemacht, und um deffen Verlust zu vermeiden, die Uebergabe der Stadt möglichst verhindert habe, mag wohl eine Ansicht der Gegner sein. Von der Eroberung der Galeere heißt es unterm 1. Dezember: „Es hat auch der bekannte tapfere Wichenhagen eine Churfürstliche Galeere, welche sich an die Stadt gelegt, mit 2 Prahmen, worauf je 4 halbe Carthaunen gewesen, nächtlicher Zeit attakirt, nach einer langen und scharfen Action erobert, und glücklich in die Stadt gebracht; doch erhielt der Churfürstliche Kapitain, so darauf kommandiret, noch von den Feinden das Lob, daß er sich trefflich wohl und männlich gehalten. Auch sind von deffen 70 Mann nicht mehr als

10 übrig geblieben. Desgleichen gingen den Stettinern über 30 Mann darauf.

Auch der Schiffer Pust ("der bekannte Pust") wagte oft sein Leben, sich aus der Stadt und wieder in dieselbe hineinzuschleichen, um von Stralsund oder sonst woher Nachrichten über den erwarteten Sukkurs zu bringen, weßhalb die Brandenburgischen Lieder auch nachtheilig seiner falschen Berichte gedenken. Und allerdings knüpften die bedrängten Gemüther unter dem Volke in der Stadt ihre Hoffnungen so gut an falsche als an wahre Nachrichten. Man glaubte es, wenn ein übergelaufener Trommelschläger oder ein ähnlicher Zeuge meldete, der Fürst von Hannover sei schon unterweges mit seiner Hülfe; desgleichen der Düc de Bethûne mit 20,000 Mann, die er für Französisches Geld geworben, darunter weiße und schwarze Tatern wären; die Brandenburger, die gegen Rügen gezogen, seien zur See verunglückt; Königsmark stehe schon 2 Meilen hinter Anklam, die Liefländische Armee bei Danzig; die Lüneburger vor Stettin würden ihr Lager nächstens anzünden und abziehen 2c. 2c. Ein Bürger der alle die Briefe, welche Sukkurs meldeten, Lügen nannte und sehr despektirlich von ihnen redete, wurde verhaftet. Man hatte übrigens wirklich schon am 22. Juli von Seiten der Stadt zum Grafen Königsmark nach Stralsund um Sukkurs geschickt und diese Sendung mehrfach wiederholt. Auch fehlte es von Seiten der Erwarteten nicht an gutem Willen und an Vertröstungen: allein zwei durch die Dänen gewonnene Seeschlachten und andere Verluste machten es den Schweden unmöglich Truppen zu senden. Graf Königsmark war auf Rügen eingeschlossen. Dabei forderte man Schwedischer Seits wiederholentlich die Stettiner auf, sich zu wehren, und der König versprach den Bürgern große Freiheiten, wenn sie sich bis zu eintreffendem Sukkurse halten würden.

Endlich nahete nach so unsäglicher Anstrengung die Stunde, wo der Feind den Eingeschlossenen den Todesstreich versetzen, oder diese vor dem Stärkeren gutwillig sich beugen mußten. Seit dem 25. September schon war das Ravelin jenseit der Parnitz verloren, und man konnte von da aus die ganze Stadt bestreichen; schon lange hatten die Lüneburger, schon lange die Brandenburger den Hauptwall erreicht; denn seit 8 Wochen stand man auf demselben sich feindlich gegenüber, so nahe, daß man einander die Gewehre aus den Händen riß! Gräben und Schanzen vor den Wällen lagen durch die Minen zum Theil wie plattes Feld darnieder, besonders am Frauenthore und am H. Geistthore, wo die Haupt-Tummelplätze der letzten Kämpfe gewesen waren. Von dem vielfach verheißenen Sukkurse war nichts zu hören noch zu sehen. Mangel litt man nur an Holz, Fett und frischem Fleische.

Am 16. Dezember endlich wurde die letzte Hauptschanze am H. Geistthore (der Knapkäse genannt) durch Petarde und Sturm genommen. Der Feind zog nun seine Geschütze ungehindert auf die Wälle, und legte daselbst Batterieen an gegen die Stadt. Was ihn allein noch von derselben trennte, war der Stadtgraben *) und die hinter demselben befindliche Stadt-Mauer. Bresche in diese zu legen, und sodann durch Sturm die Stadt einzunehmen, war, was ihm noch übrig blieb, und wozu er sich so ernstlich rüstete, daß der Churfürst vor einiger Zeit schon 5 frische Regimenter für die äußersten Fälle vom Rhein her beordert hatte. Die Tausende von Centnern Pulvers in der Stadt waren verbraucht bis auf 5 Tonnen: die Besatzung war von 3000 Mann geschmolzen auf die Zahl der Heldenschaar des Leonidas (300): die Bürgerschaft hatte mit Frauen und Kindern

---

*) Wo jetzt Schloßgraben, Paradeplätze, Gang von der holländischen Windmühle zur grünen Schanze und der Schützengarten.

2443 Todte verloren! Auch einer der Bürgermeister war auf dem Walle geblieben. Sich in das Feuer ihrer Wohnungen, sich in die eigenen Degen oder in die der plündernden Sieger zu stürzen, hatten sie keinen vernünftigen Grund: es waren nicht Mongolen, nicht Römer, nicht hochmüthige Tyrannen, die sie ängstigten. Es war ein edler deutscher Fürst, den ein gerechter Krieg, und die alten, einstweilen freilich erloschenen Ansprüche seiner Vorfahren vor ihre Mauern geführt hatten, und dessen Zorn ohne Zweifel bereits gestillt war. Sie hatten ihrem Könige und ihrer eigenen Sache genug gethan. Mehr konnte kein Verständiger von ihnen verlangen. Sie erboten sich — zu kapituliren, (am 23. Dezember); und sie fanden einen großmüthigen Sieger, der ihnen fast alle Punkte des vorgeschlagenen Akkordes zugestand (am 24. Dezember). Dem General-Feldmarschall Dörfflinger dagegen scheint man in der Stadt nicht so viel Gutes zugetraut zu haben; denn das äußerst heftige Bombardement, durch welches dieselbe noch während der Unterhandlungen geängstigt wurde, schrieb man Dörfflingers Verdrusse darüber zu, daß der General-Lieutenant Wulffen des Akkordes halber nicht an Ihn, sondern an einen ehemaligen Kameraden, den General v. Endten sich gewendet hatte. Am 24. Dezember Abends 7 Uhr, wurden die Geisseln gewechselt, und die Feindseligkeiten eingestellt. Am 8. Juli waren die ersten Schüsse gefallen. Mit den Städtischen Geißeln zugleich begab sich eine Deputation des Rathes und der Bürgerschaft, bestehend aus 10 Mitgliedern, hinaus zum Churfürsten, den Bürgermeister Schwalenberg (nach andern: Schwellengrebel) und den Syndikus Dr. Corswand an ihrer Spitze. Am 26. Dezember wurde der Akkord abgeschlossen. So gewann die Tragödie einen milderen Ausgang, und den würdigsten und erfreulichsten, den man ihr, da sie so weit gediehen war, hätte erfinden können; denn, wenn der Churfürst nach dem Wunsche seiner Truppen endlich mit stürmender Hand eingedrungen wäre, welche Erinnerung heute für die Nachkommen beider Theile! Schon ein früheres Erbieten vornehmer Offiziere, die Stadt binnen 48 Stunden zu erobern, wenn Se. Durchlaucht nur 1000 M. aufs Spiel setzen wollten, lehnte der Churfürst ab, um das Leben der Seinen zu schonen. Ueberhaupt scheint er von Anfang den besonnenen und untrüglichen Gang jeglicher Beeilung vorgezogen zu haben. Auch hatte er Stettin in seiner ersten Aufforderung eine Stadt genannt, die er besonders liebe, da er in seiner Jugend eine Zeit lang dort erzogen worden sei; deshalb würde er sie ungern feindlich behandeln.

4. Akkord und Einzug.

Was den Akkord betrifft, so hatte sich der General Wulffen nach einer vertraulichen Vorfrage an den General v. Endten vom 22. Dezember: „ob wohl noch ehrenvolle Bedingungen für Soldateske und Bürgerschaft zu erhalten sein möchten?" in einem Schreiben an eben denselben zur Kapitulation bestimmt erboten. Dieses Schreiben beginnt: „Obwohl allhier der letzte Agon Gottlob nicht vorhanden, sondern zu längerer männlicher Gegenwehr weder Muth noch Mittel ermangeln, so kommen doch etliche Umstände für, die uns zu anderen Gedanken bewegen." Er bittet ihn daher, „diejenige Jungfrau, die sich so lange bewahret, in die Arme eines durchlauchtigen Anwerbers zu offeriren; und hoffet, Ihro Churfürstliche Durchlaucht werden es ihnen nicht verdenken, daß sie ihren Pflichten zu Folge Alles gethan, was die ehrbare Welt von rechtschaffenen Leuten erfordert." Auch ein Schreiben des Generals v. Wulffen an den Churfürsten vom 24. Dezember, wurde gnädig beantwortet. — Das von den Deputirten der heldenmüthigen Bürgerschaft gleichfalls am 24. De-

zember dem Churfürsten übergebene Schreiben, beginnt in
würdiger Weise (etwas abgekürzt) also: „Durchlauch=
tigster Churfürst! Wie bishero die Pflicht, — womit Ihro
Königl. Majestät und der Krone Schweden nach gescheh=
ner Reichsbewilligung, Uebergabe und Huldigung wir ver=
bunden gewesen, — uns angetrieben hat, bei Sr. Königl.
Majestät redlich und getreu zu handeln, und unverdrossen
Gut und Blut aufzusetzen: also können wir uns nicht an=
ders vorstellen, als daß Ihro Churfürstliche Durchlaucht
an solchem unserm pflichtmäßigen Bezeigen ein gnädiges
Gefallen werden gehabt haben. Sondern müssen
untrüglich glauben und unzweifentlich dafür halten, daß Ihro
Churfürstliche Durchlaucht nach Dero wohlbekanntem Tu=
gendeifer an denjenigen, die sich zu Dero hiernächstigen Unter=
thanen qualifiziren sollten, eine solche Probe eines künftig
erforderten gleichmäßigen Benehmens verlangen; und sie
sonst nicht würdig halten, dieselben in Dero Churfürstlichen
Durchlaucht Huld und Schutz anzunehmen ꝛc.“ Der Chur=
fürst las das Schreiben der Deputirten, und antwortete
ihnen! „Israel, dein Unglück kommt aus dir allein!“
war übrigens freundlich gegen sie, behielt sie Alle zur Tafel,
und ließ sie in etlichen Kutschen wieder in die Stadt zurück=
fahren. Aus dem Akkorde selbst, der am 26. Dezember ab=
geschlossen wurde, mögen einige Punkte hier folgen. Art. 1.
Die Garnison zu Roß und Fuß, in Schwedischen National=
und dazu behörigen Völkern bestehend, soll nach Soldaten=
Manier mit fliegenden Fahnen und Estandarten, klingendem
Spiel, vollem Gewehr, Sack und Pack abziehen, und nach
Liefland convoyiret werden, die Teutschen aber die Schwedi=
schen Kriegsdienste quittiren. Art. 6. Die Gefangenen
werden los gegeben, die Ueberläufer pardonirt ꝛc. Art. 8.
Se. Churfürstliche Durchlaucht lassen dem General=Lieu=
tenant von Wulffen 2 Stücke, so sie selber aussuchen

wollen, abfolgen. Art. 16. In Religionssachen machen Se. Churfürstliche Durchlaucht keine Veränderung. Art. 21. Rath und Bürgerschaft der Stadt werden bei ihren Stadt- rechten und Privilegien gelassen, mit keinem Plündern, Brandschatzung oder Lösung der Glocken beschweret. Das Vergangene wird durch die Amnestie gänzlich abge- than. Einem jeden steht frei, sich wohin er will, zu begeben.

Gleich nach Vollziehung des Akkordes wurde den Chur- fürstlichen das H. Geistthor und die Lastadie eingeräumt, und die Besatzung machte sich fertig zum Abzuge. Als es dazu kam, marschirten 9 Reiter unter Einer Standarte und 250 Mann unter 21 Fahnen. Sie ließen über 100 Stück schö- ner Geschütze zurück. General Wulffen ging nach Stral- sund, die Soldaten durch Hinterpommern nach Liefland. An Offizieren hatte die Garnison verloren: 3 Obristen, 1 Obrist- Lieutenant, 4 Majors, 40 Kapitains und fast eben so viel Fähn- driche. Zum Kommandanten der Stadt wurde ernannt der Obrist von Borstel, zum Gouverneur über alle Pommer- schen Festungen der Generalmajor von Schwerin, zum Ober- gouverneur der Feldmarschall Freiherr von Dörfflinger. Der Verlust der Kaiserlichen wird in einem Berichte schon um den 24. November auf 7000 Mann angeschlagen, in anderen überhaupt für sehr unbedeutend ausgegeben. Unter dem 9. November wird in einem Buche bemerkt, daß der Chur- fürst, um den Abgang der Mannschaft zu ersetzen, aus allen Garnisonen so viel Volk als möglich lichten und vor Stettin führen ließ. Unter den Gebliebenen Churfürstlicher Seits war auch ein Prinz von Holstein Sonderburg, Rittmeister im Leibregiment.

Wie hier, so sind auch in andern Angaben die Zah- len sehr unsicher: z. B. schwankt die Zahl eingeworfener Granaten in den Berichten zwischen 6= 12= und 20,000, doch vermuthlich nur darum, weil ein Erzähler Bomben,

5

Bettelsäcke, Stinktöpfe u. dgl. mitgerechnet hat, der andere nicht. Die Zahl der Schüsse aus kleinerem Geschütz wird unzählig genannt. In der Zeit der starken Bombardements wollte man berechnet haben, daß die Kosten täglich über 6000 Thaler betrügen.

Rath und Bürgerschaft waren indessen beschäftigt mit den Anstalten zu dem feierlichen Einzuge des Churfürsten und zu der Huldigung. Allein nun erst gewahrte man recht, daß die Stadt sich in dem elendesten Zustande befände. Ganze und halbe Giebel lagen in den Straßen, deren keine ungehindert zu passiren war: kaum fanden sich in allen Häusern insgesamt 20 Stuben brauchbar: man sah sich genöthigt erst aufzuräumen, und deshalb Einzug und Huldigung um einige Tage zu verschieben. Von außen strömten zahlreich die Leute herein, ihre alten Freunde aufzusuchen, deren viele sie nun schmerzlich vermißten. Während dessen ließ der Churfürst seine Gemahlin, die Prinzen und den Hofstaat von Berlin kommen, auch an Prachtkutschen, Handpferden u. dergl. so viel herbeischaffen, daß er mit möglichstem Glanze den Einzug halten konnte. Außer vielen Generalen waren auch der Holländische und Dänische Gesandte gegenwärtig.

Am 27. Dezember früh wurde in Lager und Stadt alles Spiel gerührt und mit den noch brauchbaren Glocken geläutet. Gegen 9 Uhr Morgens nahete sich der Triumphzug, prächtig anzusehen, dem Neuen Thore (Berliner). Vor demselben begegnete Sr. Churfürstlichen Durchlaucht der Rath mit entblößtem Haupte; und mit einer kurzen wohlgefaßten Rede überlieferte der Stadtsyndikus in einem schwarzen mit Gold und Silber reich gestickten Beutel die Schlüssel der Stadt Sr. Durchl. dem Churfürsten. Zwei Knaben in Trauer überreichten am Thore dem Churfürstlichen Sieger, der eine einen silbernen Schlüssel, darauf in

Gold geschrieben war: Accipe, serva, conserva (Empfange, Behalte, Erhalte); der andere einen fürstlichen Hut mit der Inschrift: Quod Deus dat (Weil Gott ihn giebt): in welchen letzteren Worten die edelstolze Fassung der gedemüthigten, doch der Ehre und ihrem Fürsten bis zum Ende treugebliebenen Bürgerschaft sich treffend ausspricht. Innerhalb des Stadtthores standen Sechs vornehme Jungfrauen in Trauer, verschiedene sinnreich gewählte Kränze überreichend. In dem Cypressenkranz der Ersten stand mit dem kühnen und freien Witze des kräftigen Zeitalters geschrieben: Victori cruentam virginitatem. Alle Jungfrauen sprachen: Glück und langes Leben dem Churfürsten, Churprinzen, Prinzen und Prinzessinnen von Stettin!

Der Churfürst ritt freundlich durch die Stadt und die Reihen der bewaffneten Bürgerschaft, von welchen einzelne Kompagnieen auf dem Kohlmarkt, dem Roßmarkt und dem Schloßplatze standen. Am Schlosse selbst warteten Er. Churfürstlichen Durchlaucht die Schöppen und Aeltesten der Stadt. Auf dem Schloßplatze empfingen zwölf andere vornehme, köstlich gekleidete Jungfrauen die Churfürstlichen Herrschaften, bestreuten, während diese abstiegen, die untergebreiteten Teppiche aus schönen Körben mit Blumen, und sprachen: „Langes Leben unserem Herren."

Inzwischen hatten die Bürger ihre Gewehre abgelegt, und erschienen in bürgerlichem Habit und Mantel von einem Marschall geführt wiederum im Schlosse, um in der Kirche daselbst die Huldigungspredigt anzuhören, welche dem Dr. Fabricius aufgetragen war. Nach derselben hielt der Premier-Minister Baron von Schwerin, einen Vortrag an die Bürgerschaft „mit sonderbarer Gravität und Beredsamkeit, und ermahnte sie zu aller Treue gegen das Churhaus." Die Bürger sprachen den vorgelesenen Huldigungseid einmüthig nach, und wurden aufgefordert zu rufen: „Lange lebe das

Churhaus Brandenburg!" welches sie 3 mal mit großem Geschrei vollführten. Darauf wurde eine Menge goldener und
silberner Münzen unter das Volk ausgeworfen und eine dreifache Salve aus allen Kanonen der Stadt und allen Batterieen des Lagers gegeben, „und mit Trommeln, Pauken und
Trompeten tapfer darunter gespielt und geblasen." Auch
war ein Theatrum errichtet, von welchem, aus einem rothen
und einem schwarzen mit Tannenzweigen bestechten Adler, ro-
ther und weißer Wein vom Morgen bis an den Abend lief.
So endete alle Noth in Lust und Jubel, welche in solchen
Fällen die Herzen weidlich zu erschüttern, die schwüle Luft
gleichsam zu reinigen, das Alte auszutilgen, und der Wende-
punkt zu werden pflegen, von dem eine neue Zeit und ein
neues Leben beginnen. Der Churfürst ließ 200 Bürger, nicht
wie er anfangs gewollt, im Lager, sondern auf dem Schlosse
bewirthen, und blieb Selbst bis Abends 7 Uhr bei der Tafel,
da er denn wieder hinaus ins Lager fuhr. Er war durch
diesen Empfang so gnädig gegen die Bürger gestimmt worden, daß er ihnen noch 10 Jahr freie Fischerei auf Oder und
Haff zugestand, mit der Bedingung, daß sie aus diesen, sonst
der Landesherrlichen Kammer zufließenden reichen Einkünf-
ten, die verderbten Kirchen wieder aufbaueten, „außer der
Hauptkirche zu St. Jakob, so Ihre Churfürstliche Durchlaucht aus eigenen Mitteln wieder aufzuführen gelobten."*)

Den 28. Dezember erhob sich der Churfürst mit dem
ganzen Hofstaate aus dem Lager nach Berlin, und hielt
daselbst den 31. Dezember seinen freudenreichen Einzug,
von dessen Feier durch Gedichte und Sinnbilder, die oben
bezeichneten Schriften nicht eben zu Ehren des damaligen

---

*) So erzählt der Andere Pomm. Kriegspostillon S. 53. Der
König von Preußen baute späterhin zwar nicht die Jakobi, — denn
diese fand er schon wieder hergestellt, — doch die gleichfalls zerstörte
St. Marienkirche.

Geſchmackes nähere Auskunft geben. S. u. a. „das Tri-
umph-Geſchütz, aus welchem auf Pindus Wällen Freuden-
Salven gegeben wurden, als der Großmächtige Fürſt und
Herr Friedrich Wilhelm ꝛc. einzog; von dem Neumärkiſchen
Dichter, und Phil. M. Friedr. Madeweiß.“ Das ſchönſte
der erwähnten zahlreichen Sinnbilder war ohne Zweifel
am Triumphbogen des Berliniſchen Rathhauſes angebracht,
ein Bild, in welchem zwei Jungfrauen mit Palmenzweigen
ſtehend ſich ſchweſterlich küßten, mit der Unterſchrift: Pomerania, Marchia, sororio vinculo.

Der Beſitz Stettins verbreitete in Berlin große Freude;
und doch — wer hätte es geahnt? — kaum waren zwei
Jahre verfloſſen, ſo zwang ſchon der Wechſel der Ereigniſſe
den Großen Churfürſten, — Stettin ſeinem bisherigen Herren zurückzugeben (1679). Als der Churfürſt
in dem von den Franzoſen ihm abgedrungenen Friedens-
ſchluſſe zu St. Germain nach vielem Weigern und Beſin-
nen endlich das Unvermeidliche wählte, ſich zur Abtretung
Stettins verſtand, und die Feder zur Unterſchrift dieſes
Artikels in die Hand nahm; ſoll er ſeufzend geſagt haben:
Er wünſchte, Er hätte nie ſchreiben gelernt. (Pufendorf
S. 1355).

5. Schluß. Lied und Denkſchrift.

Dies ſind die Ereigniſſe, die vor erſt 150 Jahren Stettin
betroffen haben. Und doch wagt man zuweilen den Aus-
ſpruch: Unſere Stadt, unſer Land habe keine Geſchichte,
oder doch keine reiche und würdige. Unglaublich ſchnell
werden auch die gedächtnißwürdigſten Dinge vergeſſen!
Kaum der Schatten einer Sage iſt jetzt noch unter uns,
daß einſt der Große Churfürſt dieſe Stadt belagert habe.
Allein nichts iſt natürlicher. Es geſchieht des Großen und
Neuen ſo viel, die Umwälzungen der letzten Jahrhunderte

haben zu durchgreifend das Alte zerstört, und wenige Menschen lieben es heute, aus der geräuschigen Gegenwart dann und wann in die stillen und ehrwürdigen Hallen der Vorzeit zu treten, und mit den Geistern der Vorfahren zu verkehren. Glücklicher Leichtsinn, der so bald die bittersten Leiden vergaß; glücklich, wenn er nicht auch die Ehre der Väter vergessen hätte!

Spuren jenes großen Kampfes (1677) sind jetzt bei uns nur noch wenige sichtbar. Stadt und Festung waren fast vernichtet: Alles ist umgeschaffen oder neu erstanden. Die schönsten Zierden der Stadt sind verschwunden. Auch das Rathhaus hatte sonst einen durchbrochenen Giebel, dessen Künstlichkeit gerühmt wurde. Vielleicht ist auch er in dieser Belagerung zertrümmert. Doch diese Schmucklosigkeit eben ist unser schönster Schmuck. In der Jakobikirche hoch neben der Orgel hängt noch mit Helm, Degen und Handschuh, — die Fahnen sind abgenommen, — das Wappen des Generals v. Wulffen, Erbherrn auf Rosenfeld, Natzwitz und Hoickendorf, geb. 25. Nov. 1623, gest. in Schonen 20. Juni 1678, beigesetzt in unserer Jakobikirche „unter der Bibliothek." In goldenem Felde führt es einen aufgereckten grauen Wolf. Die Kugelschläge an der Westseite derselben Kirche mögen wohl eher der nächstfolgenden Belagerung angehören. Der gekappte Thurm aber, dessen Anblick Fremden mißfällt, darf unsern Augen schön dünken, wie ein zerhauener Helm oder eine zerschossene Fahne. Wenn wir Ihn ansehen, wenn wir am Frauen= und am H. Geistthor den mit Blut gedüngten und für Bürger und Krieger klassischen Boden betreten: dann möge bisweilen dankbare und ehrerbietige Erinnerung zu den wackern Vorfahren uns hinziehen, die uns so glänzende Beispiele eines tüchtigen und des edelsten Enthusiasmus fähigen Sinnes hinterlassen haben, und auf deren Gräbern wir heute noch wohnen und wandeln.

Aus mancherlei Zeugnissen, in welchen Mit- und Nachwelt ihre Theilnahme an den oben erzählten Ereignissen
des Jahres 1677 ausgesprochen haben, möge hier nur ein
kräftiges Lied des 17. Jahrhunderts, und eine Denkschrift Platz finden, die in einer gefühlvollen, edelen und
sinnreichen Weise ihre Ossianische Trauer über das Schicksal
der unglücklichen Stadt ausspricht.

Aus einem Liede vom Jahr 1678.

S. Beschreibung der Stadt und Festung A. Stettin ꝛc. Danzig
1678. 4. S. 75.

In zwei vorhergehenden Versen ist die Rede von dem Großen
Churfürsten als Freier der jungfräulichen Stadt.

> Er gab Dir Gaben auf die Hand,
> Mit Feur und Loth gespicket,
> Doch was Er Dir hat zugesandt,
> Ist wieder heimgeschicket.
> Bellona fast geschäftig war
> Mit Degen und mit Lanzen;
> Nun kann der Held nach viel Gefahr
> Mit Dir, o Edle, tanzen.
>
> Wie eine kühne Löwin thut
> Bist Du oft ausgefallen;
> Dabei gewaget Gut und Blut,
> Wenn Echo ließ erschollen
> Karthaunenknall, Musketenkrach;
> Die Wälder es nachsagen,
> Wie Du bei manchem Lustgelag
> Hast kühn um Dich geschlagen.
>
> Dein Degen kam nicht ohne Blut,
> O Tapfre, in die Scheide,
> Den Du mit unverzagtem Muth
> Geschwungen auf der Heide;
> Da oft ein kecker Kriegesmann
> Sein Leben mußte enden,
> Und melden sich bei Charon an
> Mit ganz erstarrten Händen.

Wie Troja dort im Phrygerland
Hat unverzagt gestritten,
Da sie Achilles Macht gewann,
Mit Griechen und mit Scythen;
Kein Ungemach fiel ihr zu schwer
In solchen Kriegesnöthen:
So mußte Heldin Dein Gewehr
Nicht wenig Feinde tödten;

Indem Du hast, o schöne Stadt,
Dem Widerpart begegnet,
Ob schon der Kugeln Glut Dich hat
Wie Reif und Schnee beregnet;
Auch Deine Häuser, Deine Thürm
Zerschmettert und zerstöret.
Du werthe Stadt, durch viel Gestürm
Dein Zierrath ist versehret.

Doch bleibet ewig Dir der Preis
Vor vielen Deines gleichen,
Weil Du bis an der Sternen Kreis
Und Deine Tugend reichen.
Ja Deine Treu und Tapferkeit
Bis an die Sonne gehet,
Vor andern Städten weit und breit
Bleibst Du, Stettin, erhöhet.

Die Nachwelt wird von Jahr zu Jahr
Von Deinen Thaten sagen,
Weil Du viel Unglück und Gefahr
Geduldig hast ertragen;
Bis endlich sich gewandt das Blatt
Mit Dir, und Du geworden
Zu Theil dem Fürsten, der Dich hat
Gebracht in seinen Orden.

Du wirst bei Ihm der Freiheit Glanz
Nicht schwächen noch verlieren:
Es wird der grüne Ehrenkranz
Noch Deine Stirne zieren.
Du bleibst ein Glied am Deutschen Land,
So wie Du bist gewesen;
Hier wird gewiß nicht sein ein Stand,
Der nicht Dein Lob sollt lesen.

Drum bleib, Stettin, in Gottes Hut,
Du edle Oderkrone,
Er segne Dich an Seel und Gut!
Den Preis hast Du zum Lohne,
Daß Du dem Großen Friederich
Dich ehrlich hast vermählet.
Gott führt die Seinen wunderlich,
In keiner Sach Er fehlet.

Denkschrift,

in welcher die Lage des im Jahr 1677 angegriffenen und endlich
eroberten Stettins vor Augen gestellt wird.
(Ohne Jahr und Namen. Das Lateinische Original steht in
Dähnerts Pomm. Bibl. 5, 153.)

Wer du auch sei'st, o Wanderer,
Der du die verödeten Felder Pommerns durchstreifest,
Wag' es, ein wenig hier auszuruhen,
Und vernimm die Stimme einer jammernden Wittwe!
Welche,
Lebend annoch und ohne Hoffnung athmend,
Schauerlich, ach! zu Grabe getragen wird.
O, wie wahr, daß ich Wittwe mich nannte!
Längst schon liege ich,
Von dem Königlichen Gemahl verlassen,
Von der Schaar der Söhne;
Unter hohen Wagnissen
Unwürdig verwaiset.
In Fluthen und Kämpfen mich tummelnd,
Hauchte ich fast die Seele aus, ich Arme!

Als so viel Monden lang der Nordwind nicht wehete,
Streckte ich zu meinen Nachbarn
Die flehenden Hände.
Doch Sie,
Je nachbarlicher ihr Boden an mich gränzte,
So weniger sahen sie vor den eigenen Flammen mein Feuer.
Allein ich selbst verließ mich nimmer.
Daß die Männer nicht weibisch fechten,
Greifen Weiber männlich zu den Waffen.
Mütter,

Die Tode der Ihren zu rächen,
Weihen freiwillig sich dem Kriegsgott.
Meine Jungfrauen
Betreten der Bellona Lager früher als der Venus.
Männeramt verwalten sie,
Von keinen Männern noch erkannt:
Wahrhaft edele Töchter,
Die statt zum Rocken, greifend zu den Schwerdtern,
Spießen das Antlitz darbieten, nicht Spiegeln.
Schämen würde der Feind sich,
Wüßte er,
Daß er Krieg hat mit dem schwachen Geschlechte:
Es möchte denn ruhmvoll dünken den Männern,
Zu streiten gegen Amazonen.

Doch wehe!
Jener Brandenburgische Herkules
Läßt sich nicht bezwingen von so viel Omphalen.
Meine Thürme gehen in Trümmer,
Und
Die ich durch Fama sonst berühmt war,
Werde berühmter noch durch die Flamme.
Abgelegt hatte der Feind den feindlichen Muth
Und kommend gleich brachte er Verzeihung.
Dennoch nahm ich ihn nicht auf in meine Mauern.
Wem zu Liebe?
Nicht mir, sondern dem Könige.
Blutige Wunden schlug er nun.
Wem?
Nicht dem Könige, sondern mir.
Jungfrau war ich, nicht Buhlin:
Die bräutliche Treue konnte ich nicht brechen.
Bewundernd meine Tapferkeit,
Erkor der Churfürstliche Feind
Ihm mich als Einzige;
Daß er die Augen nicht wenden mochte anders wohin.
Meine Schönheit lachte ihn an am lieblichsten,
Da sie entstellt war am schmählichsten.

Was sollte ich thun?
Karolus war fern von hier.

Dich, o Karl, riefen die Quellen,
Dich die Bäume des Waldes und die Gebüsche.
Vergebt mir, ihr Sueciens Edle in dem Purpur,
Gewalt hat gelitten meine Keuschheit!
Als der Löwe nicht heim war,
Flog der Adler ein zu mir.
Und noch zweifelt mancher,
Daß der Feind schon mein Gast sei.
Wunderbar!
Bis ich besiegt bin, siege ich draußen. *)
Was aber staunen die Untreuen,
Daß also gethan
Meine Treue gegen die Meinen?
Gehorchen war besser, denn sterben.
Verderbet hätte ich Alle,
Gab ich dem Feinde nicht Alles.
Weil sie zu Rathe sitzen in Rom, geht Sagunt verloren.
Verdoppelt wird die Zahl der Ziegel,
Und umsonst blicken sie auf Mosen. **)
Kommen sollte Er,
Doch daß er käme, hätte Suada (Sunna) selbst mich nicht überredet.
In Drang und Stürmen
Ist keine Stätte für langsame Entschlüsse.

Doch, was heißt man nun mich erwarten?
Mein Schiff hatte zum Führer seither einen König:
Wen es nun haben wird,
Weiß ich nicht.
Dem Adler ließ ich das Steuer;
Möchte ich doch schiffen mit glücklichem (Vogel) Zeichen.
Wahrlich nichts gelassen hat mir das Schicksal,
Außer der Hoffnung.
Sie allein hält mich Sinkende.
Doch nicht minder auch hält mich
Des Feindes Güte und Milde.
Er ließ Alles mir unverkümmert,
Da ich gedachte Sklavin zu werden.
Er schonte meiner,
Um seines Sieges Sieger zu sein.
Leutselig den Bürgern,

---

*) D. i. gelte für Siegerin.   **) 2 Buch Moses.

Schirmt er der Machthabenden Macht.
Sicher und sorglos sind Alle,
Die das Beil sahen über dem Nacken schweben:
Denn nicht ohne Häupter wollte Er sehen,
Die das Haupt waren der Landschaft.
Sie selbst, wenn sie dürfen, werden jene Gnade nicht verschweigen.

Um auf diese Säule
Mich zu lehnen,
Mußt' ich zuvor unterliegen.
Mit dem alten Jahre
Hab ich Lebewohl gesagt dem alten Herren;
Doch solch ein Lebewohl,
Daß ich, unter meiner Asche begraben,
Nimmer das Andenken begraben werde
an
Meinen Karolus.

11. Belagerung Stettins durch die Russen: Einnahme durch die Preußen und Holsteiner.
Im Jahr 1713.

1. Zickermann's Handschriftliche Nachrichten in dem Großen Kirchenbuche der St. Petrikirche zu Stettin S. 153 f. (Der Verf. wohnte als Schwedischer Feldprediger der Belagerung bei.)
2. Zickermann's Histor. Nachr. v. d. St. Petrikirche 1724 S. 74.
3. Archivalische Nachrichten: Vorstellungen der Bürger, Berichte des Rathes von Stettin ꝛc. 1713.
4—5. Das jetzt blühende Stettin v. Bartels. 1734. Fortsetzung desselben 1738.
6. Das Gute, so die Hand des Herren an Pommern und Stettin erzeiget, von Friedr. Neumann. Stettin 1715. S. 23.
7. Nordberg's Leben Karls 12. Th. 2, 272 ff.
8. Andr. Westphal's Einleitung in die Geschichte von Pommern Handschr. 278 ff.
9. Kurze Information wegen des von Sr. Königl. Maj. von Preußen übernommenen Vorpommerschen Sequestri. 1715.
10. Kurze Relation der erbärmlichen Einäscherung von Garz und Wolgast ꝛc. Der Nachwelt zum Andenken. 1713.

Wir treten hier ein in die kriegerischen Zeiten Peters des Großen und Karls des Zwölften. Gegen Karl (geb. 1682), der in einem Alter von 18 Jahren ziemlich hülflos schien, verbanden sich Dänemark, Rußland und August, König von Polen, Churfürst von Sachsen; die Schwedische Macht zu verkleinern, und durch deren Verlust sich selbst zu bereichern. Da erfocht Karl jene Siege, deren Erzählung an das Fabelhafte grenzet, in denen er Dänemark binnen wenig Monden bezwang, bei Narva mit 8,000 Schweden 80,000 Russen schlug (i. J. 1700), Könige ab und einsetzte; am Ende aber durch seinen Starrsinn alle Früchte seiner Thaten bei Pultawa wieder verlor (29. Juni 1709). Sein Heer war vernichtet, verwundet und fliehend erreichte Er selbst mit etwa 500 Begleitern die Türkei (Bender am 1. Oktober 1709), und blieb dort jahrelang, unter unaufhörlichen Versuchen, Beistand und Mittel zu erneuertem Kriege gegen seine Feinde zu erwerben. Siegend wollte er an der Spitze eines Türkenheeres in seine Staaten zurückziehen; denn allein heimzukehren dünkte ihm nach Allem, was geschehen, zu schmachvoll. Wie und wo er dort gelebt, und wie endlich die Türken, da sie ihn gar nicht los zu werden vermochten, sein Lager in Warnitza in einem blutigen Gefechte erstürmt (13 Febr. 1713), Er aber auch da noch 1½ Jahr bei ihnen geblieben, und zuletzt nach 5jährigem Aufenthalte in der Türkei, in seine deutschen Länder zurückgekehrt, (Ankunft in Stralsund 22. Novbr. 1714), aus Pommern vertrieben, und in Norwegen seinen Tod, die Schwedische Macht aber in Europa unter Ihm ihr Ende gefunden: dies Alles zu erzählen bleibt anderen Büchern überlassen.

Stettin, eine Stadt Karls 12., denn seit 1679 war sie wieder Schwedisch, verfolgte gewiß mit dem lebhaften Antheil der treuen Unterthanin die romantischen Züge, Thaten und Leiden ihres ritterlichen Königes, bis sie selbst allmählig sich von den Feinden desselben rings umgeben sah. Als nämlich Karl im J. 1709 seinen Gegnern das Feld geräumt hatte, wälzte sich der Krieg von Osten her auch in seine deutschen Länder. Dem Schwedischen General Kraffow, der sich aus Polen nach Pommern (20 Okt. 1709) zurückzog, folgten auf dem Fuße die Ruffen und Sachsen, zu welchen von anderer Seite her die Dänen sich gesellten. Dies sind die unglücklichen Zeiten der Moskowiter, von denen durch den Mund unserer Väter und Vorväter schwache Sagen sich bis auf uns erhalten haben. Der wilde Geist des Zaaren schien auch seine Truppen zu beseelen; Gewalt, Mord, Brand, Plünderung ging mit ihrem Zuge, und wenig half es, daß nach vollbrachter That dem etwa ermittelten Schuldigen durch Knute und Strick gelohnt wurde. Die Erbitterung gegen die Schweden mochte bei diesem Volke wohl lebhafter von neuem erwachen, seit sie sich wieder auf Schwedischem Boden befanden. Zur Vergeltung für den Brand von Altona zündeten die Ruffen Garz a. O. und Wolgast an. (16. und 27. März 1713.) Selbst die Leichen der Pommerschen Herzoge im letzteren Orte brannten zu Pulver. Die feindlichen Offiziere leiteten, ruhig durch die Gaffen reitend, die Flammen. Stehen blieb nur hie und da ein Hüttlein, das die Rauchwolken ihren Augen verbargen. Auch Anklam entging kaum einem ähnlichen Schicksale.

Im Jahr 1712 am 24. Mai erschien der Fürst Menzikof, welcher das Ruffische Heer befehligte, mit 500 Reitern vor Stettin, deffen Lage er besichtigen wollte, um es demnächst zu belagern. Fürs erste setzte er nur zwei Windmühlen in Brand, und entfernte sich wieder: seine Truppen jedoch, Ruffen und Sachsen, hielten die Stadt blokirt bis zum 25. Oktober, da sie den Dänen zu Hülfe nach Meklenburg und Holstein hinaufzogen. Zu dieser Zeit hatte sich das Gerücht verbreitet, als ob in Stettin ein Aufruhr entstehen dürfte, und diese Stadt sich von der

Krone Schweden los zu machen und einer fremden Macht
ihre Schlüssel zu überliefern wünschte. Vielleicht waren mit
Absicht dergleichen Erzählungen ausgesprengt. Doch Rath
und Bürgerschaft hielten es für ihre Pflicht, in öffentlicher
Zeitung solcher Rede zu widersprechen, und in starken Aus-
drücken diese „Treulosigkeit gegen ihre Eidespflicht von sich
abzuwälzen. Der ganze Rath und die Bürgerschaft wollten
hiermit offenbar bezeugen, es möchte ihnen auch zustoßen
was da wollte: so wären sie samt und sonders fest gesinnet,
in ihrer Treue gegen ihren Herren, den König, beständig
zu verbleiben, und dieselbe mit ihrem Leben und Blute zu
versiegeln. Man sollte niemals spüren, daß die jetzigen
Einwohner den Ruhm verminderten, oder sich dessen unwürdig machten, welchen ihre Vorfahren, als eine bis
auf das Aeußerste standhafte, unterthänige und
redliche Bürgerschaft erworben hätten.“ Sie setzten
200 Dukaten aus für die Entdeckung des Urhebers der Lüge.

Inzwischen hatten sich die politischen Verhältnisse
in diesen Gegenden sonderbar verwickelt, und von der Ent-
wirrung derselben hing vornämlich auch das Schicksal Stettins ab. Um der Verheerung Pommerns und der ferneren
Beunruhigung der benachbarten Landschaften und des ganzen
Deutschen Reiches ein Ziel zu setzen; und sich eines so ge-
fährlichen Feindes zu entledigen, wie die Russen waren,
zumal sie vielleicht mit dem Gedanken umgingen, sich in
diesen Landstrichen anzusiedeln, hatte der bisher neutrale
und Schweden befreundete König von Preußen mit Holstein sich erboten (Mai und Juni 1713): die Festungen
Wismar und Stettin und das Land Vorpommern bis zum
Frieden und zur Auslieferung an den König von Schweden zu besetzen, allen Krieg in diesen Landschaften auf beiden Seiten zu hemmen, und den Abzug der damit einver-
standenen Nordischen Alliirten zu bewirken. Der Schwedische

Graf Welling, der für ähnliche Fälle von Karl 12 allgemeine Vollmachten hatte, schloß einen Vertrag mit Preußen
und Holstein ab; allein, da es zur Ausführung kam, und
Stettin sollte übergeben werden, widersetzte sich der Gouverneur des Platzes General Graf v. Meyerfeldt, ein ehemaliger Begleiter Karls in seinen Russischen Feldzügen, auf
das entschiedenste, und schrieb deshalb erst an seinen König
in die Türkei (Juni 1713). Er nennet die Festung „eine
in aller Weise wohl versehene" und will sich bis auf den
letzten Mann wehren. So mußten denn Preußen und Holsteiner die Stadt ihrem Schicksal überlassen, und prophe-
zeieten ihr: daß, „da sie sich in einem so schlechten Zustande befände," sie bald den Nordischen Feinden in die
Hände fallen würde.

Während diese Unterhandlungen noch im Gange waren,
und Karl bei Adrianopel sich von seinem Türkengefecht
ausruhete, kamen die Moskowiter und Sachsen aus
Holstein und Meklenburg wieder zurück, und gingen 24,000
Mann stark, unter Menzikof, Bauer, Dolgorucki,
Repnin, Staff und Anderen gerade auf Stettin los.
Da die Fürstlichen Vermittler diese Stadt nicht hatten
gewinnen können, so wollten die Russen sie mit Gewalt
nehmen. Sie naheten sich ihr im Anfange des August,
und hielten, da sie die Außenwerke stark besetzt fanden, zuerst
sich mit ihren Anlagen ziemlich fern. Doch arbeiteten sie
Tag und Nacht an den Batterieen, die endlich im September
vollendet wurden. Das schwere Geschütz welches ihnen
Preußen zu liefern abgeschlagen, hatte Sachsen hergegeben.
Es bestand in 70 Kanonen (18—24 und 48 Pfündern) in
30 Mörsern und 2 Haubitzen, also in mehr denn 100
Stücken. Den Gang der Belagerung im Einzelnen zeigen
uns am deutlichsten die handschriftlichen Nachrichten in dem
Kirchenbuche der St. Petrikirche, welche von einem glaub-

würdigen Augenzeugen, dem Feldprediger Zickermann her-
rühren. Er stand bei dem Regimente des Schwedischen General-Majors Stuart, welcher Kommandant der Festung
war, und hielt samt den anderen Regimentspredigern auf den
Wällen wo die Truppen den ganzen August und September
hindurch lagen, Morgens und Abends die Betstunden. Auch
wurde in der Contrescarpe gepredigt. Den Berichten dieses Mannes folgen wir im Wesentlichen.

Am 5. August warf der Feind bei Grabow am Wasser
die erste Schanze auf, bei welcher Gelegenheit stark von
beiden Seiten gefeuert wurde. Das „Französische Corps"
welches bei den Schweden war, legte dagegen eine Schanze
auf dem Berge der Vogelstange an, und that aus derselben
dem Feinde viel Abbruch. Hier ging es von beiden Seiten „lustig her" bis zum 13. September. — Am 23. August
kamen die ersten Kugeln in die Stadt geflogen. Beide
Wieken und der Tornei wurden nach Kriegsmanier von
den Schweden abgebrannt. Am 13. September Abends,
da es sehr dunkel war, nahm der Feind die Sternschanze
ein (ungefähr, wo jetzt Fortpreußen), machte die Besatzung
gefangen, und eröffnete die Laufgräben vor dem Neuen
(Berliner) Thore. „Ja, wer damals in der Stadt gewesen," sagt ein Erzähler, „wird bekennen müssen, daß, wenn
an dem Abend, da die Sternschanze erobert wurde, unsere
Feinde von der Consternation, so in der Stadt war, zu
profitiren gewußt, und einen tüchtigen Angriff thun wollen,
es ihnen leicht gewesen sein würde, uns zu überrumpeln
und sich in unserm Blute zu baden." Am 15. September
verließen die Schweden Damm, welches die Feinde von
Gollnow aus sogleich besetzten; doch wurde am 20. d. M.
der verlorne Platz, mit dem Degen in der Faust, ihnen wieder
abgenommen, die meisten Moskowiter gefangen, und gute
Beute gemacht. Es fiel dabei, als ein wackerer Soldat,

6

der Schwedische Major Großkreuz, vorher Commandant in
Damm. Am 15. September hatte der Feind Grabow ver=
laffen und fich in Pomeränsdorf, Schön und Krekow festgesetzt.
Am 22. September begann das Einwerfen der Bomben,
welches die nächsten Tage hindurch von den Belagerten aus
dem Geschütz der Wälle und von der ganzen Contrescarpe
heftig beantwortet wurde. Den 28. September, Morgens
um 9 Uhr, endlich eröffnete der Feind aus allen seinen Bat=
terien ein Feuer auf die Stadt, „als ob Himmel und Erde
vergehen wollten." „Viele, die auswärts gedient, und die
größten Belagerungen und Bombardements mitgemacht hat=
ten, versicherten, so etwas nie gehört oder gesehen zu haben."
Die Feuerwerker von Sächsischer Seite hatten ihre Bom=
ben nicht geladen, wohl aber die Moskowiter, welche
auf Stettin sehr erbittert waren. An Löschung des
Brandes war unter dem Kugelregen bald nicht mehr zu
denken; und so wurden die große u. die kleine Wollweber=
straße, die halbe Mühlen= (Luisen=) straße und der
Roßmarkt, bis an das Rathszeughaus in Asche gelegt;
im Ganzen 70, nach Anderen über 150 Häuser. Die Petri=
kirche trafen 10 Kugeln; ihre Kirchhofmauern und die Grä=
ber wurden sehr beschädigt. Um 4 Uhr Nachmittags
ließ die Heftigkeit des feindlichen Feuers etwas nach, und
es kam durch die Vermittelung des Holsteinischen Gesandten,
Herrn v. Bassewitz, zu einem vorläufigen Stillstande;
doch wurden nichts desto weniger die Nacht über Bomben
und Feuerkugeln in die Stadt geworfen. Den 29. Sep=
tember, am Michaelistage, wurde der Waffenstillstand
förmlich abgeschlossen, und da durch den heftigen und erfolg=
reichen Angriff die Festigkeit des General Meyerfeldt ge=
brochen war, die Sequestration Stettins durch Preußen
und Holstein ernstlich eingeleitet. Am 2. Oktober besah der
Fürst Menzikof mit seinen Generalen die Contrescarpe und

die Schwedischen Truppen, die bei der Vogelstange lagen; auch die Einwohner gingen hinaus in die feindlichen Approchen und in's Lager. Zwei Bataillons Schweden von Stuarts, Horns und Meyerfeldts Regimentern, im Ganzen 1600 Mann, traten bis zur Ankunft anderer Truppen in Holsteinische Dienste, und blieben in der Festung. Zu ihnen rückten am 6. Oktober eben so viel Preußen ein. Die Bürgerschaft wurde vorläufig dem Holsteinischen Hause vereidet. Vom 7—10. Oktober besuchte der König von Preußen, Friedrich Wilhelm I., die Stadt, und besichtigte die Werke und seine Truppen. Am 16. Oktober 1713 begann die Russische Armee durch Stettin nach Polen zu ziehen.

So war in dieser Belagerung wiederum eine Schale der Angst und des Elendes über unsere Stadt ausgegossen worden. Unter dem 16. September 1713 klagten die Bürger der Regierung: „daß der Feind die Stadt bis in den Grund zu ruiniren, und sich derselben und der getreuen Bürgerschaft zu bemächtigen drohe." „Wir mußten solche Feinde kennen lernen, von welchen man vorher in unserm Lande nicht das Geringste gewußt. Es war ein Volk von undeutlicher Sprache und von wildem Wesen." (S. R. 6.) In einem amtlichen Schreiben vom 21. September bemerket der Rath: „Es ist mit der guten Bürgerschaft dahin gekommen, daß weder Geld noch Brod bei den allermeisten mehr vorhanden; die schwere Einquartierung ist unerträglich, dazu die Contributionen, Accisen, unaufhörliche Vorschüsse, schwere Servitia rc." Denn in den vorigen Jahren schon war die Stadt durch Krieg und Pest sehr erschöpft worden: die Pest allein hatte im Jahre 1710 6000 Menschen hingerafft. Unter dem 26. November 1714 noch bitten „mehr denn 50 Familien, die durch den großen Brand in der letzten Belagerung und durch das Bombardement ganz und gar ruinirt worden, und meist aus allerlei Handwer-

kern bestehen," um eine zweckmäßige Aufhülfe von Seiten
der Regierung.

Als etwa ein Jahr nach der Einnahme Stettins Karl 12.
aus der Türkei heimkehrte, — in Stralsund traf er am
22. November 1714 ein, — wollte er nichts von dem, was
in Bezug auf Vorpommern und Stettin von den obenge-
nannten Mächten geschehen war, gut heißen, und es kam
darüber zum Kriege auch mit Preußen, in welchem Karl
den Kürzeren zog. Er verließ Deutschland und fand nach
wenigen Jahren seinen Tod vor Friedrichshall. (1718.)
Schon im Mai 1714 war die Preußische Garnison in Stettin
unvermuthet verstärkt worden, und im April 1715 wurden
die Holsteiner als Schwedenfreunde durch dieselbe entwaffnet
und abgeführt. In dem Stockholner Frieden endlich ward,
da der Krieg inzwischen alle früheren Verträge zerrissen
hatte, Stettin und Vorpommern bis an die Peene seinem
eigentlichen Erbherrn, dem es der 30jährige Krieg und dessen
Folgen nur einstweilen entzogen, dem Könige von Preußen
zugesprochen; wie noch heute die Ueberschrift des Berliner Thores in Stettin besagt:

Fr. W. Kg v. Pr. hat das Herzogthum Stettin, welches
den Churfürsten von Brandenburg abgetreten, den Herzogen v. Pommern zu Lehn wiedergegeben, und durch
ein besonderes Geschick an die Schweden gekommen war,
mittelst rechtmäßiger Verträge und für volle Bezahlung, bis
an die Peene gekauft, erworben und wiedergewonnen im
Jahr 1719; auch dies Brandenburger Thor erbauen lassen.
Friedrich Wilhelm nämlich zahlte an Schweden 2 Millionen Thaler. Die Huldigung in Stettin geschah am 10.
August 1721; der König war in Person gegenwärtig.
Schade, daß das schöne Ehrenwappen Stettins (S. 29) seit
dieser Zeit ungefähr abgeschafft, und nicht der Adler an die
Stelle des Löwen getreten, sondern ohne Kranz und Königs-
krone der nackte Greifenkopf geblieben ist.

So hatte nun Stettin aufgehört Schwedisch zu sein, und der Abschied war ihm leichter geworden durch die vieljährigen Drangsale, die ihm das Schwedenthum, und zuletzt noch unter jenem unruhigen Könige, bereitet hatte. Fünfmal war es seit seiner Verbindung mit Schweden angegriffen und dreimal genommen worden. Insbesondere blieb es immer lästig und schädlich, daß der Landesfürst, selbst wenn er heim war, so entfernt wohnte. Unter dem 21. September 1713 klagt die Bürgerschaft von Stettin der Regierung: „Wir sind Waisen und haben keinen Vater; da wir unsern Vater nie mit Augen gesehen, und uns das Herze sagen will, als ob wir auch nimmer, ach, leider! ihn mit Augen sehen dürften." Nun dagegen hatten sie den Landesfürsten in der Nähe, und waren überhaupt in eine ihrer Oertlichkeit und den Zeitumständen gemäßere Lage versetzt worden. Die Frucht davon war für unsere Stadt zunächst ein fast hundertjähriger Friede, in welchem sie die alten Wunden heilen, und wieder einmal aufathmen und zum Genuße ihres Daseins gelangen durfte.

In dankbarster Erinnerung aber muß bei den Bürgern unserer Stadt der Name des Königes Friedrich Wilhelms des Ersten, des Vaters Friedrichs 2., leben. Denn Er war nicht nur offenbar der Retter dieser Stadt, aus der erwähnten, höchst dringenden und bedenklichen Gefahr, sondern wurde später Jahre lang ihr unermüdeter Wohlthäter. Die Schäden jener großen Belagerung von 1677 waren noch lange nicht wieder ausgeheilt, als das neue Bombardement von 1713 neue schmerzliche Risse verursachte. Die Stadt lag noch voller Trümmer, da sie an Preußen kam; und man darf nur die Namen der Bauten, welche Friedrich Wilhelm in derselben unternommen, durchlaufen, um sich die Größe seiner Wohlthaten recht anschaulich zu machen. Er bauete: die gesammten Festungswerke neu von Grund auf (1724), mit den Barakken (1727), mit den beiden Thoren der Oberstadt und mit dem ganzen Fort-Preußen; er besetzte die Wälle und Wege mit schönen Linden; er stellte den 1677 zertrümmerten Thurm der Marienkirche ansehnlicher wieder her (1732); er bauete die Wasserkunst (1729—32), das Provianthaus am Röddenberg (1726—28), das Landhaus, die Kaserne an der Ecke der Paradeplätze (1729), die ganze Häuserreihe am grünen Paradeplatze, die ganze große Lastadie (1727—34), und vielleicht andere Gebäude mehr: kurz, er schuf eine fast ganz neue Stadt. Wo er nicht die Kosten allein trug, gab er bedeutende Hülfe: z. B. bei den Häusern am gr. Paradeplatze auf 30 Fuß 400 Thlr. Baugelder. Auch verschenkte er zu Bauten die Steine von drei abgetragenen Pulverthürmen. Die Französische Kolonie und Salzburger Emigranten sind gleichfalls unter diesem Könige in Stettin aufgenommen worden. Vermittler und Aufseher bei allen jenen Schöpfungen war der Oberpräsident Philipp Otto v. Grumbkow. Der König selbst besuchte Stettin wiederum im Jahre 1737, und reiste nach einem 8tägigen Aufenthalte sehr vergnügt ab.

Bei so vielen freundlichen Wohlthaten gewöhnte die Stadt an den damals herberen Zuschnitt des preußischen Wesens sich leichter, und wurde bald ein lebendiges Glied an dem Leibe des jugendlichen Staates, der mit seiner Energie und seinen Thaten einen großen Theil des 18ten Jahrhunderts erfüllte und bestimmte. Unter Friedrich 2. verschmolzen die neuverbundenen Landschaften auf das völligste und innigste zu einem gemeinsamen Preußenthume. Die Söhne auch unserer Stadt erhielten dessen blutige Taufe auf den Schlachtfeldern von Böhmen, Schlesien und Sachsen; und die Dichter sangen bald, wie der Pommer und der Märker mit gleichem Heldenmuthe unter Friedrichs Fahnen stritt. Pomerania und Marchia küßten nun wirklich sich schwesterlich, nähreten sich gegenseitig mit ihren schönsten Segnungen, und gaben Blut und Leben für einander. Dies ist der Gang der Geschichte. Nachbarliche Stämme, jeder tüchtig und eigenthümlich, befehden sich heftig, versöhnen sich und verschmelzen endlich zu einem noch rüstigeren Ganzen. Aus allerhand Volk werden Römer, aus Angelsachsen und Britten Engländer, aus Celten, Römern, Franken Franzosen, und so fort bis in die einzelnen Landschaften und Städte. Aus Wenden und Deutschen, die bis zur Vernichtung einander bekriegten, werden Pommern, werden Stettiner, aus Pommern und Märkern endlich Preußen.

Schweden hatte übrigens die Geschlechter, die unter seiner Obhut gestanden, nicht verwahrloset, noch verzogen. Zu That und Leiden gewöhnt, insbesondere auch zu williger Treue und Liebe gegen den Landesfürsten, kam unsere Stadt, welche freilich der 30jährige Krieg und die daraus entsprungenen Verwickelungen fast Leib und Leben, und jedenfalls ihren schönsten Flor gekostet hatten, in die Hände des rechten Erben. Die noch getrennten Brüder fanden sich erst nach hundert Jahren (1814) zu ihren Landsleuten und zur Krone Preußen zurück.

12. Einnahme Stettins durch die Franzosen im Jahr 1806.

Raths-Akten (Tit. X. N. 68. 647. Haupt-Tableau der Kriegsleistungen v. 1806—9.) Mündliche Mittheilungen. Eigene Erfahrung u. s. w.

Der siebenjährige Krieg hat Stettin zwar nicht feindlich berührt, doch wahrscheinlich, wie alle Städte Friederichs, mannigfach in Athem gesetzt. Auch die Erschütterungen der nächsten Jahrzehende, in denen ein neues Weltalter anzubrechen schien, wurden unserer Stadt bald vor Augen gerückt: der Amerikanische Krieg durch die Blüthe des

Handels, welche er hier erzeugte; die Französische Revolution unter andern durch die gefangenen Franzosen, welche
man im Anfange der Neunziger Jahre in Fortpreußen eine
Zeitlang bewahrte. Auf die Schwüle der Jahre 1804 und 5
endlich folgte im Jahr 1806 in Norddeutschland das große
und heftige Gewitter, welches an andern Orten bald aus-
rasete, uns aber, bei denen es gleichfalls gezündet, mit seinem Rollen jahrelang und bis zur Betäubung begleitet hat.

Im Frühjahr 1806 sahen wir unsere trefflichen
Truppen nach Sachsen hinaufziehen, deren Siegesahnungen
erst auf großen Umwegen sollten erfüllt werden. Mußte
ja ein Kannä voraufgehen, ehe Rom einst in seinem In-
nersten aufgerüttelt, und der Friede der bezwungenen Kar-
thago vorgeschrieben wurde. Nur nach einer reichlichen
Thränensaat war auch bei uns die fröhliche Erndte möglich. Die Angst, die Noth, die Schmach, in der das ge-
sunkene Volk wie in einem Meere watete, mußte erst von
innen heraus eine schmerzliche doch freudenreiche Wiedergeburt desselben bewirken, in deren Genuß stehend, wir jetzt
freier und ruhiger auf die vergangenen Zeiten der Trübsal
blicken können.

Der Feind verfolgte die bei Jena errungenen Vor-
theile mit gewohnter Schnelligkeit und mit so unerwartetem
Glücke, daß er 14 Tage nach gewonnener Schlacht schon
Hauptheer und Reserven zerstört hatte, und mit den Trümmern derselben vermischt, vor unserer Festung erschien.
Murat nämlich, Großherzog von Berg, nachmals unglücklicher König von Neapel, welcher in jenem Feldzuge
die Französische Reserve-Kavallerie führte, hatte so eben
bei Prenzlau das Korps des Fürsten von Hohenlohe zur
Kapitulation gezwungen (28. Oktober 1806). Am folgenden Tage schon zeigte sich die Avantgarde des Großherzogs,
leichte Reiterei unter dem Brigade-General Lasalle, auf

den Höhen vor Stettin, zwischen den Straßen von Berlin
und Pasewalk. Einige Kanonenschüsse aus Fortpreußen
hielten die feindlichen Reiter entfernt. In der Stadt, durch
welche wenige Tage zuvor die tiefbewegte Königin nach
Preußen hinaufgegangen war, herrschte dieselbe Rathlosig-
keit und Verwirrung, welche das ungeheure Schicksal damals überallhin verbreitet hatte. Siebenzig bis 80jährige
kraftlose Greise, die an der Spitze standen, früher wahrscheinlich wackere Männer, waren nicht vermögend, sich
und Andere in diesem Sturme aufrecht zu erhalten. Man
sollte ihr Andenken nicht beflecken, indem man ihnen allein
die Schuld zuspricht, die aus tausend Quellen floß. So
schwindelnde Zeiten erfordern rüstige Männer, und die mensch-
liche Kraft hat ihre natürlichen Grenzen. Die Haltung
der Truppen entscheidet in Lagen, wie diese war, auch über
die Bürger, welche, nicht mehr die alten Waffenträger der
früheren Jahrhunderte, dem Heere nicht vorangehen, sondern nur folgen konnten, zumal in einer Sache, in der sie
keine Stimme hatten.

Der General Lasalle forderte im Namen des
Großherzogs von Berg am 29. Oktober die Festung auf, sich zu ergeben. Man dachte anfangs wohl
an ernstliche Vertheidigung; denn man gab abschlägige Antwort, und es wurden auf dem Walle die alten, schönen Linden, samt der vierfachen Lindenreihe auf dem Wege nach
Fortpreußen, die Anpflanzungen Friedr. Wilhelms I.,
ohn Erbarmen umgehauen. Allein dabei und bei den erwähnten Kanonenschüssen verblieb es auch. Die Aufforderung wurde dringend wiederholt, und — angenommen; wiewohl der Kommandant sich kaum vor den
Mißhandlungen der Soldaten, die ihn vom Pferde rissen,
hatte retten können. Die Kapitulation wurde noch an
demselben Tage, am 29. Oktbr., Abends 11½ Uhr, in Möh-

ringen abgeschlossen, und französischer Seits von Lasalle und Belliard, dem Chef des Generalstabes, unterzeichnet. Art. 1. Die Garnison zieht mit militairischen Ehren aus, legt die Waffen auf den Glacis nieder, und geht kriegsgefangen nach Frankreich; die Offiziere jedoch auf ihr Ehrenwort, wohin sie wollen. Art. 7. Dem Eigenthum der Einwohner wird Schonung zugesagt. 10. Der Schatz (?), welcher sich in der Festung befindet, wird den Franzosen übergeben, samt Magazinen zc. Art. 6. Das Berliner-Thor wird am 30. früh 6 Uhr von den Franzosen besetzt, und ein Französischer Posten auf der Oderbrücke ausgestellt. Am 30. Oktober Mittags rückten die Franzosen, man kann denken, unter welchen Gefühlen der Einwohner! in die Stadt ein. Französische Nachrichten geben die gefangene Besatzung auf 6000 Mann an, und sprechen von ansehnlichen Magazinen und 160 Kanonen, die sie in der Festung gefunden. Auch ein Theil der Königl. Kassen, die noch nicht ganz geflüchtet waren, fiel in ihre Hände, und wurde mitunter an einzelne Offiziere vertheilt. Von dem Preuß. Offizier, der die Parnitzer Thorwache befehligte, erzählte man damals, daß er nicht in die Kapitulation gewilligt, sondern auf eigene Hand sein kleines Kommando über die Oder nach Hinterpommern geführt habe. Eben dahin waren schon in den Tagen zuvor viele Versprengte gezogen zu Einzelnen, zu Schwadronen und Regimentern, meist niedergeschlagen oder erbittert, zum Theil zerhauen und erschöpft. Viele wurden von den nachsetzenden Franzosen noch eingeholt. Damals ging es auch der Sage nach einem patriotischen Bauern in Podjuch sehr übel. Er wollte durchaus nicht glauben, daß die Schlacht bei Jena verloren und die Franzosen im Lande seien: auch da nicht, als er selbst die Verwirrung des Rückzuges sah: auch nicht, als Stettin sich schon ergeben hatte: bis end-

lich die Franzosen in sein eigenes Haus kamen, und nur
allzu fühlbar und handgreiflich ihn von ihrer Anwesenheit
überzeugten.

So war denn auch für uns jener Abgrund geöffnet,
und wir samt unsern Brüdern allen hinuntergestoßen, aus
dem wir so mühsam und so spät uns emporringen sollten.
Doch der Stoff wird hier so reich, man mag die äuße-
ren Begebenheiten, oder die inneren Erfahrungen ansehen,
daß wir uns auf flüchtige Züge beschränken müssen. Stettin trug doppelte Last: die Noth und Trauer des ganzen
Landes, die uns lange die Augen nicht aufheben ließ, und
die eigene. Es erschienen in der Stadt sofort ein Französischer Gouverneur und ein Kommandant, welche die Leitung des Ganzen übernahmen; die Behörden wurden wie
überall dem Feinde vereidet, die Bürger entwaffnet, ein
Theil der Kirchen (Nikolai, Johannis, Petri), das Gymnasium in der Mönchenstraße und das Gouvernementshaus
in Magazine und Lazarethe umgeschaffen; die Festung mit
dem Holze der Kaufleute verpallisadirt und sonst vielfach
verbessert; die Stadt endlich mit Soldaten, deren abziehende
Schwärme sich unaufhörlich erneuerten, überfüllt, und mit
Requisitionen überschüttet. Zunächst wurden der Kaufmannschaft 10 Millionen Franken (2½ Mill. Thaler) ab-
gefordert, welche sich im Laufe der Zahlungen und Leistungen
auf etwa 1,600,000 Thlr. ermäßigten. Als Probe der erlittenen Verluste möge hier eine kurze Uebersicht dessen dienen, was die Stadt in den Zwei Jahren v. 29. Oktober 1806 bis zum 30. November 1808 eingebüßt hat;
wobei kaum zu erinnern nöthig ist, daß solche Berechnun-
gen den unsäglichen Schaden der einzelnen Familien, der
den Wohlstand bis in seine Wurzeln verletzt, immer nur
unvollkommen aussprechen.

1. Stadt- und Klostereigenthum . 109,499 Thl.— gr.—pf.
2. Von der Kaufmannschaft . . . 1,667,682 „ 20 „ 11 „
3. Durch Einquartierung . . . . 1,485,168 „ 16 „ 5¾ „
4. An sonstigen Lieferungen. . . . 376,476 „ 1 „ 11 „

Summa: 3,638,826 Thl. 15 gr. 3¾ pf.

Obgleich seit dem Dezember 1808 die Verpflegung der Französischen Garnison der Staat allein übernahm, so stieg dennoch die obige Summe der zweijährigen Verluste unserer Stadt Frühjahr 1813 auf bis zum . . . . . 4,273,500 Thl.
Zu diesen kam durch die Belagerung 1813
eine neue Einbuße von . . . . 981,435 „

So daß die gesammten Verluste der Stadt
vom 29. Oktober 1806 bis zum 5. De=
zember 1813, die ungeheure Summe
erreichen von . . . . 5,254,935 Thl.;
denen man aber, wie ein amtlicher Bericht bemerket, sicher noch Hunderttausende hinzufügen kann, um ein Aequivalent des wirklich erlittenen Schadens zu erlangen. Und dies Alles wurde von einer Handelsstadt in einer Zeit geleistet, in welcher der Handel stockte und das Kontinentalsystem blühete. Allein die seit 1805 in England, Frankreich, Hamburg, Lübeck und Bremen confiscirten Schiffe und Waaren machten Stettin um 700,000 Thl. ärmer, welche außer der obigen Summe liegen.

An fremden Völkern haben wir so ziemlich die Musterkarte des Napoleonischen Heeres bei uns gesehen: Franzosen, Italiener, Spanier, Illyrier, Polen, Baiern, Würtemberger, Badener, Würzburger, Hessen, Nassauer, Sachsen und im Jahre 1813 endlich Holländer; und zwar von diesen Allen nicht Einzelne, sondern mehr oder minder beträchtliche Haufen, die zum Theil lange bei uns blieben. Nur die Gleichmäßigkeit Europäischer Tracht hinderte, daß

wir hier ein Seitenstück zu jenen bunten Asiatischen oder
Afrikanischen Heermassen der älteren Zeit sahen. Unter
andern beherbergte Stettin die prächtig gekleidete Noble-
Garde der Kaiserin (Ordonanz-Gensd'armes?) unter der
Führung des Duc de Montmorency, Pariser Stadtsolda-
ten, eine Abtheilung schöner und kernhafter Mariniers u. s.
w. An einem Sommerabend schleppte sich auch ein Häuflein
Päbstlicher Soldaten, blutjunge Leute, gelb, abgemagert
und todtmüde, Futter für's Pulver, durch den verdeckten
Weg von Fortpreußen in die Stadt. — An berühmten
Marschällen des Kaisers sind in Stettin gewesen: zuerst
Lannes, dann Victor, Mortier, Brune, Soult, Gouvion
St. Cyr, Davoust: zum Theil ausgezeichnet durch kriegerische Gestalten und durch geschmacklose Pracht. Die Reihen-
folge der Gouverneurs, Kommandanten und Intendanten
war für jetzt nicht zu ermitteln. Diese vornehmen und ge-
bietenden Herren allzumal pflegten der Stadt sehr kostbar
zu werden, und in Bezug auf sie finden sich manche sonderbare Ausgaben in den Rechnungen verzeichnet, als:
Präsente zu 50, zu 100, zu 1000 Thlr.; an den General Lasalle 6000 Thlr., an den General Dentzel 6000 Thlr.,
an den General Claparède 7000 Thlr.; Kleidungsstücke
für den Adjutanten des Gen. Claparède, als eine Recom-
pense seiner der Stadt geleisteten Dienste: Ueberrock,
lange Hosen, Husarenpelz mit ächt goldenem Besatz, Stie-
feln 2c., mündlich requirirt durch den Capitain d'Argens,
Adjutanten des Generals 159 Thlr. 16 gr. (5. November 1806); Weihnachtsgeschenk für die Kinder der Marschall Soult 24 Thlr. 16 gr.; desgl. für eine mechanische
Landschaft 70 Thlr. (Dezember 1807): zu geschweigen der
Feuermaschinen, Reise-Barometer, silberbeschlagenen Pfeifen-
köpfe, Kutschen und Pferde und ähnlicher Beschwichtigungs-
mittel, die man dem vielköpfigen Ungeheuer in den immer

geöffneten Schlund warf. Ein besonderer Liebhaber von geschenkten Pferden scheint der Marschall Victor gewesen zu sein. Nicht mehr denn 12 Wagenpferde und 5 Reitpferde, unter denen eins zu 1200 Thlr., werden für denselben nach und nach in Rechnung gestellt; eine Post mit der Bemerkung: „gewaltsamer Weise genommen." Auch die Gräber der Pommerschen Herzoge in der Schloßkirche öffnete ein Französischer Gouverneur, dem man insgeheim von den eingebildeten Schätzen, die dort zu finden wären, erzählt hatte. Doch war sein Benehmen würdig. Er besah die Gruft, gestattete keine Verletzung, und ließ Alles sorgfältig wieder verschließen.

Zu sehen war freilich bei diesem bunten Treiben in Stettin genug; und es fand die Jugend, trotz der entschiedensten Abneigung gegen die Sieger, am meisten dabei ihre Rechnung. Hätte man das Gefühl der Schmach, der Trauer und des Hasses je los werden können, so war es an sich oft ein imposantes Schauspiel, wie die einrückenden unabsehlichen Schaaren der Franzosen in breiten Geschwadern, — denn dies liebten sie, — über den Markt zum Königsplatze zogen, dort ihre Billets empfingen, und sich in die Stadt zerschlugen. So vieles war neu bei diesem Anblick: die sogenannte Löffelgarde, welche der großen Armee voranging, und einer Grundsuppe der Revolution ähnlich sah, den Löffel auf dem Hut oder im Stiefel: die Chasseurs mit Blei in den langen Locken; die Dragoner mit Pferdeschweifen, die vom Helme den Rücken hinab hingen; die Cuirassiere in ihren blanken Rüstungen; die Schaaren der Grenadiere in dicken Bärenmützen; überall die blutrothen Federbüsche und Orden; die langbärtigen Sappeurs, die aufgeputzten, zum Theil riesenhaften Tambours-Majors, die sehr kleinen, doch eben so gedrungenen Voltigeurs; und bei Allen die Frische, Munterkeit und Beweglichkeit, die wir

damals an unsern Landsleuten noch nicht kannten, und die
in dieser Weise auch nur den südlichen Völkern eigen ist.
Da der Franzose das Bedürfniß hat, sich den Familien an-
zuschließen, ja als ein Glied derselben zu leben, und da er
offen ist: so lernte man dies liebenswürdige, leichtsinnige,
überaus leichtgläubige und prahlerische, dies kluge, feurige,
thätige und gefährliche Volk bald von allen Seiten kennen.
Durch Bälle und Feste, die sie veranstalteten, und zu denen mit und wider Willen die Einwohner sie begleiten mußten, suchten sie sich diesen noch mehr zu nähern. Auf dem
Königsplatze vergnügten sich an Sommerabenden zuweilen
große Gesellschaften Französischer Offiziere und ihrer Da-
men, — denn zum Theil hatten sie ihre Gemahlinnen bei
sich, — öffentlich durch Ballonschlagen, Fechten u. a. Spiele.
Als im Jahr 1808 bei Krekow eine bedeutende Truppen-
zahl in einem wohlgeordneten Lager stand, die Adler vor
der Front, wurde mit großem Prunk des Kaisers Geburtstag gefeiert, Vormittags Messe gelesen auf dem
jetzigen deutschen Berge, Nachmittags um Preise gefochten,
geschossen, gerannt, geklettert. Am Abend aber erfüllten
sie fast stundenlang das Firmament mit weißleuchtenden
Sternen, welche ganze Regimenter in laufenden Feuer aus
den Gewehren schossen. In der unglücklichen Stadt war
indessen, wie öfter, Illumination. Ohne Tanzen und
Fechten konnte der Franzose nicht leben. In den Ka-
sernen waren Fechtplätze, auf denen das Stampfen und
Schreien den ganzen Tag nicht aufhörte. Duelle waren
zu Zeiten häufig, unter den Soldaten mehr als unter Offizieren. Auch die Art des Gottesdienstes, zu dem die
Truppen mit Wehr und Waffen, Spiel und Trommel in
die Kirche zogen, und dort weidlich lärmten, war der
protestantischen Stadt ein neuer Anblick. Dazwischen wurden vor Aller Augen die warnenden Beispiele der streng-

sten Kriegeszucht vollzogen. Neben der Bildsäule Friederichs des Großen, gerade am Eingange des dortigen Gartens, ist mancher Französischer Missethäter niedergekniet,
um unter dem Lärm der Trommeln erschossen zu werden.
Die Wälle seitwärts waren mit Zuschauern aus der Stadt
besetzt. Die gesammte Garnison, selbst die Kranken, wenn
sie nur gehen konnten, wurden an dem zusammengesunke-
nen Häuflein der Leiche vorübergeführt, die Augen dorthin
gewendet. Auch ein Preußischer Soldat, ein Familienva-
ter, fand dort sein Ende als angeblicher brigand; denn
er war Mitglied eines Streifkorps. Er schritt, begleitet
von der allgemeinen Theilnahme, standhaft zum Tode, in
seiner Preußischen Uniform.

So ging die bedrängte Stadt alle Stufen des Schick-
sals, welches das ganze Land traf, treulich mit durch:
theilte den Schmerz über die Erfolge des Feldzuges in
Preußen und den Tilsiter Frieden, wie die Freude über die
Rückkehr der Königlichen Familie; wartete mit Sehnsucht
auf die verzögerte Räumung des Landes durch die Franzosen, und gab mit Freuden und zum Theil mit der groß-
herzigsten Aufopferung Geld und Gut zur Abtragung der
vielfach gesteigerten, allgemeinen Contribution*); war aber
unglücklicher noch, denn andere Orte, da Sie, als es wirklich zur Räumung des Landes kam, zu einem der drei
Opfer ausersehen war, welche vorläufig in den Händen
der Franzosen verblieben (Stettin, Küstrin und Glogau).
Auch in dieser Lage verfolgte sie mit lebhafter Theilnahme
die Ereignisse der Zeiten von Aspern, Saragossa und Mos-

*) Nach Preußischer Berechnung 19 Millionen Franken, nach
Französischer 112 Millionen, bald willkührlich gesteigert auf 140 Millionen rc. S. Aktenmäßige Darstellung v. d. Benehmen der Französischen Regierung gegen Preußen seit dem Tilsiter Frieden. Berlin 1813 bei Haude und Spener.

kau, und die stillen Vorbereitungen zur Wiedergeburt des sie umgebenden und doch von ihr geschiedenen Vaterlandes. So wurde denn aus diesem Französischen Besuche, zu welchem man den Gästen nicht eilig genug die Thore hatte öffnen können, ein erschöpfender Aufenthalt von 7 Jahren und 36 Tagen. (v. 30. Okt. 1806 b. z. 5. Dez. 1813.) Die Fremdlinge saßen fest wie ein Polyp, der das beklommene Herz umschlungen und durchflochten hält. Vampyrähnlich sogen sie ihren Opfern allmählich Saft, Blut und Leben aus. Am 5. Dez. 1808 wurde vertragsmäßig das linke Oderufer geräumt: war Stettin nicht ausgenommen, so sparte es gerade 5 Jahre an seinen Leiden.

Die unvermeidlich vertrauliche Mischung der Einwohner mit dem Feinde, in dessen Händen sie so lange und so gänzlich waren, wirkte natürlich verschieden zurück auf deren Gesinnung. Es fanden sich einzelne Verräther, es fanden sich Leichtsinnige und Niedrigdenkende oder Verzweifelte genug, die die vertrauteste Gemeinschaft des Feindes suchten: doch die Wirkung auf die Mehrheit ohne Vergleich, war die entschiedenste innere und so viel möglich auch äußere Entfernung von demselben, die wärmste Anhänglichkeit an das Vaterland und an die Königliche Familie, welcher in diesen Zeiten am allerwenigsten auf Rosen gebettet war. Daher, was dem Durstigen ein Labetrunk, war uns hier auch die geringste Nachricht, die das Preußische Herz erheben konnte, als: Blüchers Zug nach Lübeck, die ehrenvolle Theilnahme unserer Truppen an der Schlacht bei Eylau, die mannhafte Vertheidigung von Colberg, und besonders auch die Thaten Schill's. Denn wie ein Versinkender greift man in solchen Lagen begierig nach jedem Zweiglein. Schill's Name aber war hier von bedeutendem geistigem Einfluß. Er schickte oft die Französischen und Deutschen Patrouillen zersprengt und zerhauen, samt ihren

7

verblüfften Anführern wieder heim zu uns; er bewillkommnete
die obenerwähnte reiche Garde der Kaiserin in der ersten
Nacht ihrer Ankunft vor Kolberg auf eine so herbe Weise,
daß von dieser Truppe nicht viel mehr die Rede war: er
lieferte den Franzosen größere Gefechte bei Naugard und an-
derswo, von denen sie die Verwundeten zahlreich auf blut-
triefenden Wagen hereinbrachten: er allarmirte häufig die
Umgegend von Damm; und gegen Ende des Jahres 1806
trieb die Besorgniß vor seinem Namen, während einer nächtlichen
Feuersbrunst in Stettin, die starke Garnison daselbst auf
die Wälle, wo alle Anstalten zur Abwehrung eines feindlichen
Angriffes gemacht wurden. Kurz, sein Ruf und seine Thaten bewirkten eine höchst wohlthätige Erschütterung der Gemüther. Junge Leute aus der Stadt und Umgegend gingen zu seinem Freicorps. Schade, daß späterhin durch die tra-
gische Verwickelung dieses Helden in dem Widerspruch zwischen
Pflicht und der Stimme des Herzens, die von gewaltigen
Ereignissen aufgeregt, sich nicht dämpfen ließ, sein Name
an vielen Orten in ein zweideutiges Dunkel gehüllt ist.*)

Wollte nun jemand die Schicksale Stettins in jenen
Jahren, was sich der Mühe wohl lohnte, ausführlicher beschreiben; so müßte er scheiden: 1) den ersten Winter samt
Frühjahr bis zum Frieden v. Tilsit: 2) die Zeit v. 1807
u. 8, und von da bis 1812 u. 13.: 3) d. J. 1813. Denn
jede dieser Zeiten hat ihre verschiedene Farbe. Doch wir
eilen zu Ende. Im J. 1807 führte der Krieg vor Stralsund selbst die Schweden wieder in die Nähe unserer Stadt,
welche sie seit 100 Jahren nicht gesehen hatten. Die Franzosen flohen eilfertig vor ihnen her und Schwedische Patrouillen besuchten die nächsten Umgebungen von Stettin.
Im J. 1811 verbrannte durch Nachläßigkeit der Franzo-

*) Schill's Leben von Hafen ist ein zu wenig gekanntes und
sehr lesenswerthes Buch.

fen famt der werthvollen Bibliothek die alte Nikolai-
Kirche, damals, wie die Petri- und Garnifonkirche, ein
Französisches Heumagazin: denn die Kirchen ehrten und
schonten die Söhne der Revolution nicht sonderlich. Im
Frühjahr 1812 endlich erreichte, als die Franzosen nach
Rußland hinaufzogen, die Last der Einquartierung ihre
äußerste Höhe. Man sagte, daß an einzelnen Tagen so
viel Soldaten als Einwohner in der Stadt gewesen seien;
und vor den Thoren sah man bisweilen, um mit einem
damals gangbaren Ausdruck zu sprechen, „nichts als Himmel und Franzosen." Doch mitten unter dem Getümmel
der übermüthigen Feinde, aus deren Kriegs-Manifest eine
Art wahnsinniger Verblendung sprach, reichten sich schon
Jünglinge unserer Stadt, voll Ahnung des Kommenden,
die Hände: sobald es gegen diesen Feind zu streiten gälte,
sich ungesäumt auf dem Kampfplatze einzufinden.

13. Belagerung Stettins durch die Preußen im Jahr 1813.

Raths-Akten (Tit. X. N. 180. 181. 307.).
Pommersche Zeitung v. J. 1813.
Villaret Tagebuch während der Belagerung von Stettin. Gedruckt
    bei Struck. 1814. 40 S. (Nicht ganz zuverläffig in manchen
    Angaben.)
Wellmann Handschriftl. Tagebuch ꝛc. Ein Auszug ist gedruckt
    im Pommerschen Volksfreunde. Stettin 1830. N. 6—15.
Complainte de Stettin. Nach der Weise: Or, écoutez peuple
    Chrétien 1813. Ein ungedrucktes Spottlied von 46 Versen.
    Verfaffer ist ein Französischer Staabs-Offizier der damaligen
    Garnison.
Mündliche Mittheilungen.

In Rußland zuerst wurde Rechnung gehalten mit Na-
poleon für die vergangenen Jahre, und die Schuld der
durch ihn gequälten und entehrten Europäischen Völker ihm
wieder bezahlt, ein voll gerüttelt und geschüttelt Maaß.

Diese Ereignisse des Jahres 1812 sind so wunderbar, so riesenhaft, so folgenreich, daß man nicht oft genug zu ihrer Betrachtung und tieferen Erwägung zurück gehen kann. Die ersten Nachrichten von der Vernichtung des großen Heeres wirkten in Preußen wie ein Posaunenstoß des jüngsten Gerichtes. Die Erstorbenen rührten sich und stiegen aus ihren Gräbern, und bald wimmelten von ihren bewaffneten Schaaren die Felder. Es brach jene Zeit der edelsten Begeisterung an, die von Thaten überfloß, und deren Gedächtniß den Lebenden bis zum Grabe unvergeßlich, den Nachkommen heilig sein wird. Auch die Söhne unserer Stadt haben zahlreich daran Theil genommen, und die Schmach der früheren Zeiten freigebig mit ihrem Blute abgewaschen.

Bei aller Verwirrung des jammervollen Rückzuges aus Rußland, auf welchem zuletzt ganze Divisionen in Einem Hause, ganze Korps in Einem Zimmer Platz fanden (nach Französischer Angabe), und der Kosak in Französischer Generalsuniform, sein Pferd den Orden der Ehrenlegion um den Hals, die Flüchtlinge vor sich her scheuchte, — vergaß man doch nicht, auf künftige bessere Zeiten die Festungen dem Kaiser zu erhalten. In Stettin warf Davoust, der im Februar sich einige Tage dort aufhielt, noch ein paar alte Regimenter; und gab zu rücksichtslosen Verwüstungen Befehle, deren Vollziehung von Berlin aus der Herzog von Castiglione, Marschall Augereau, da er sie unnöthig fand, und da diese Festung von Seinen Befehlen abhing, hemmete, und dieselben „annullirte.‟ Eine spätere Verstärkung von mehreren tausend Franzosen, die man aus Vorpommern heranziehen wollte, wurde, da sie bei Pasewalk schon an die Preußen gerieth, zerstreuet und gefangen. So hatte denn Stettin im Februar 1813 eine Besatzung von 8 bis 9000 Mann, theils Franzosen, theils Holländern. Reiter waren nur 20 bis 30 vorhanden. Zum Gouverneur des Platzes war ursprünglich ernannt, der Brigade-General Düfresse, Kommandant der Ehrenlegion; allein der König von Neapel, als Chef der großen Armee während des Rückzuges aus Rußland, setzte den Divisions-General, Baron Grandeau, Kommandeur der Ehrenlegion, Ritter der eisernen Krone und des Bairischen Militair-Ordens, einen Lothringer von Geburt, zum Gouverneur ein, unter welchem nun der General Düfresse Kommandant der Festung blieb. Der Obrist Berthier befehligte die gesammte Artillerie. Unter den Ingenieurs war der talentvolle Major Chülliot, späterhin in Preußischen Diensten, und bekannt unter dem Namen von Plautzen, welchen er von seinem Landgute Plausse angenommen hatte. Auf eine lange Belagerung war die Festung nicht verproviantirt, obwohl die Magazine keineswegs leer standen. Die Verpflegung der Besatzung mußte, nach der Convention vom 24. Februar 1812, eigentlich schon seit dem Juni desselben Jahres von den Franzosen getragen werden; denn seit diesem Monate waren die Preußischen Contributionen gänzlich entrichtet. Doch alle Erinnerungen des Schwächeren blieben unbeachtet: die Franzosen ließen sich bis in's Frühjahr 1813 von den Preußen ernähren, und die Pr. Regierung unterhielt zu dem Zwecke in Stettin ihre Verpflegungs-Commission. Die Franzosen besaßen außerdem daselbst ein Reserve-Approvisionement, welches jedoch nur im Fall einer Blokade durfte angegriffen werden. Die Bürger, auf nichts vorbereitet, hatten keine außerordentlichen Vorräthe.

Um die Mitte des Februars erreichten die Kosaken in der Gegend von Küstrin die Oder. Am 15. Febr. berief der General Grandeau zu Stettin, Nachm. 5 Uhr auf das Rathhaus den Magistrat, den Polizeidirektor und ein Mitglied der K. Verpflegungs-Commission; erschien selbst mit ansehnlichem Gefolge, und eröffnete der Versammlung: „daß auf Befehl des Viceköniges von Italien, dermaligen Chefs der großen Armee, die Stadt in Belagerungs=Zu=stand erklärt sei; und daß seine, des Gouverneurs, darauf bezügliche Verordnungen unweigerlich müßten befolgt wer=den." In einer Bekanntmachung vom 23. Februar wird diese Lage eine außerordentliche genannt, „in welcher die Stadt allein gegen die befehlende Macht Verpflichtungen habe, weil diese die unumschränkte Gewalt über die Ein=wohner und deren Vermögen besitze. Doch sollte die Ver=waltung des letzteren in den Händen des Magistrates ver=bleiben." Gleich auf dem Rathhause forderte der General Grandeau an diesem Tage 6000 Stück Ochsen samt dem nöthigen Futter; und zwar sollte das Vieh durch seine Soldaten aus der Umgegend von 5 bis 6 Meilen, unter der Leitung und Aufsicht von Commissarien des Stet=tiner Magistrates eingetrieben werden. Doch ermäßigte er seine Forderung sogleich auf 1500 Stück Rindvieh und 5000 Scheffel Hülsenfrüchte. Außerdem sollte alles auf der Oder und anderweitig vorhandene Holz zu seiner Ver=fügung gestellt, und ein Verzeichniß der auf dem Strome befindlichen Fahrzeuge und ihrer Eigenthümer ihm ein=gereicht werden. Das sonst noch Nöthige werde er schrift=lich fordern. — Indessen am folgenden Tage schon (16. Febr.) trat dieser General Krankeitshalber von der Verwaltung des Gouvernements ab, und überließ dieselbe auf einige Monate dem General Düfresse, der in einem höflichen, Milde und Strenge zugleich athmenden Schreiben den Ma=gistrat von diesem Wechsel benachrichtigte. Was aber der Magistrat seinerseits zu diesem Allem gethan, wird später sichtbar werden.

So hatte denn für die Einwohner die Belagerung begonnen, noch ehe der Feind da war. Doch ließ auch dieser nicht lange auf sich warten. Denn am 5. März schon zeigten sich in Pritzlow und im Tornei die ersten Kosaken, zu denen bald mehr Russen und Preußen gesellt, vor die Stadt rückten. Am 15. März, an welchem Tage 6 Kanonen gegen die Einwohner auf den öffentlichen Plätzen aufgefahren standen, kündigte ein Preußischer Major mit einem Trompeter die Feindseligkeiten auch Preußischer Seits an. Diese begannen in den nächsten Tagen, um, eine längere Pause ungerechnet, erst im November und Dezember wieder ein Ende zu nehmen. Den ganzen Verlauf der Ereignisse um die Stadt und drinnen zu erzählen, überlasse ich Anderen, und beschränke mich auf wenige und wesentliche Züge, die vielleicht den Charakter dieser Belagerung in's Licht zu stellen taugen.

Zuförderst ist die sonderbare Lage zu erwägen, in welcher sich hier die streitenden Partheien befanden. Freunde hielten in der freundlichen Stadt ihre Gegner eingeschlossen. Die Franzosen lagen wie ein Adler, der mit seinen Genossen von einem großen Schmause verscheucht ist, über dem Rest der Beute, die Krallen fest eingeschlagen, um sich dieselbe nicht rauben zu lassen. Die Ehre, der große Kaiser, das Beispiel der benachbarten Festungen, die Hoffnung besserer Zeiten hielten sie aufrecht, und belebten wieder den jüngst erstorbenen Muth. General Rapp in Danzig sagt in einem Tagesbefehle jener Zeit (6. Januar): „Nichts sei leichter, als seinem Souverän im Glücke seine Ergebenheit zu bezeigen: Sie aber wollten dem Kaiser auch unter den gegenwärtigen Umständen treu bleiben, und die Festung nicht schleifen, wie man aussprengte, sondern auf's äußerste und im Nothfall selbst in den Straßen vertheidigen. Denn wenn die Elemente einen Augenblick den Glücksstern gebleicht haben, so wird er doch bald seinen vollen Glanz wieder erhalten, und die Französischen Adler

werden Ehrfurcht gebietender als je erscheinen." So groß
war freilich die Energie in Stettin nicht, und konnte es auch
nicht sein, wenn, wie ein Französischer Offizier in dem erwähnten Liede den Gouverneur schildert, derselbe zu einer ernstlichen Vertheidigung ziemlich unlustig war, überdies Alles schief
sah und anfing, und die Discorde, seine Göttin, die Gei-
ster in seinem Bereiche verwirrte und trennte. Mag hierin
Einiges verzerrt sein, so erscheint doch wirklich im Ganzen
der Gouverneur als ein Napoleonischer Krieger, der sich
überlebt, und dessen Kraft vielleicht der Russische Feldzug
gebrochen hat. — Die Bürger ihrerseits gehörten einem
Volke an, das jetzt, wie aus einem tiefen Schlummer er-
wachend, den es jedoch mit wachen Augen geschlummert
hatte, die lange geschliffenen Waffen eilig hervorholte, und
um seinen König versammelt, auf Alles gefaßt, den Kampf
um sein Dasein zu beginnen bereit stand. Noch war nichts
gewonnen, und doch wehete schon mit der Frühlingsluft
das Gefühl des Sieges durch Aller Herzen. Diese allgemeine Begeisterung theilte unter allem Drucke auch unsere Stadt.
Ihre Söhne waren dem ersten Aufrufe des Königs zahlreich und öffentlich gefolgt, und fuhren damit selbst nach
der Kriegserklärung heimlich und unter manchen Schwie-
rigkeiten fort. Wunderbar kreuzten sich nun in den Belagerten die Gefühle und Pflichten gegen ihr Vaterland,
gegen ihre Kinder, die für dasselbe sich den höchsten Gefahren preisgaben, gegen die Freunde vor der Stadt, die
zu ihrer Aengstigung und Rettung beitrugen, gegen die
Dränger in der Stadt, die unbedingten Gehorsam, Ergebenheit und Aufopferung verlangten. Wahrlich eine harte
Lage der Prüfung, die einen starken und lauteren Sinn
forderte, wie ihn glücklicherweise der Aufschwung der damaligen Stimmung des Landes auch in unserer Stadt unterhielt und erzeugte. Während die gefesselte Dulderin

hülflos litt, half sie selbst noch mit der Hand, die sie frei
hatte, dem streitenden Vaterlande. — Vor der Stadt endlich
stand ein Theil des jungen Heeres, welches bei Lüne-
burg, Lützen und an andern Orten den Preußischen Namen von Flecken wieder rein wusch und ihn schöner machte,
als er gewesen war. Die eingeschlossenen Bürger zu schonen und zu befreien, die Feinde drinnen zu bekämpfen und
wo möglich zu fangen, waren die schwer zu vereinenden Aufga-
ben, welche die umzingelnden Freunde zu lösen hatten. Das
Geschoß, welches dem Feinde galt, konnte den Vater oder Bruder
tödten. — So erzeugte sich denn durch das Zusammenwirken
dieser streitenden Kräfte das Schauspiel einer Belagerung,
deren Eigenthümlichkeit nicht sowohl in einer Reihe blu-
tiger Gefechte bestand, — wiewohl es auch an diesen nicht
mangelte, — als in der eben erwähnten Lage aller Parteien,
in den qualvollen Verhältnissen der eingeschlossenen Bürger
insbesondere, in Requisitionen, Brand, Verwüstung, in Hunger, Seuchen und Auswanderung fast bis zur gänzlichen
Leerung der Stadt, endlich in der schwierigen Behandlung einer
Truppenmasse von schwankender Gesinnung und Disziplin.

Der Waffenstillstand v. 8. Juni bis zum 20. August
theilt von selbst den vorliegenden Zeitraum in zwei zum
Theil verschiedene Hälften. Wir wollen zunächst die militairischen Ereignisse der ersten Hälfte, so weit uns dieselben bekannt geworden sind, berühren. Die Preußen, deren Zahl während der Belagerung zwischen 9 und 17,000
Mann soll geschwankt haben (?), verbunden mit einigen
Russen, und unterstützt durch eine Anzahl Preußischer und
Schwedischer bewaffneter Fahrzeuge auf dem Dammschen
See, umzingelten unter dem Kommando des Generals von
Tauentzien, und später des Generals von Plötz (Haupt-
quartiere: Curow, Güstow) Stettin und Damm so eng
als möglich; beschränkten sich jedoch bald auf Hemmung

der Zufuhr, Zurückweisung der Ausfälle und Beschießen
einzelner Schanzen sowohl als der ganzen Plätze: denn die
ernstlichen Angriffe auf die Hauptwerke versprachen bei
den vorhandenen Mitteln keinen Erfolg. Preußische
Schanzen mit ihren Batterien lagen: auf den Abhängen
dieseit Bredow, Zabelsdorf, Nemitz; hinter der Glashütte
und dem alten Tornei, auf dem Kosakenberge, der damals
seinen Namen erhielt, desgleichen am Kesbersteige und vor
Damm. Die Franzosen dagegen boten Alles auf, die
Festung zu sichern und zu verstärken.

> Il failloit voir pendant ce temps,
> Comme travailloient tous nos gens,
> La place ils arrangèrent,
> Si bien la retranchèrent,
> Que tout le monde s'écrioit:
> Le diable plus ne la prendroit.*)

Der kleineren Scharmützel gab es bald unzählige, und Kanonen und Gewehrfeuer war fast täglich zu hören. Zu den
größeren Gefechten gehörten die in Grabow, beim Gerichte, bei Finkenwalde, und insbesondere das Gefecht beim
Zoll, am 15. April. In der Nacht nämlich vor diesem
Tage war ungefähr ein Bataillon Preußen von Podjuch
über den Strom in die Wiesen gegangen, um durch
Ueberfall sich der Zollschanze zu bemächtigen. Schon näherte man sich zwischen Zoll und Blockhaus dem Damme,
als angeblich ein losgehendes Gewehr eines Preußischen
Soldaten die Französischen Schildwachen auf den Feind auf-
merksam machte. Die Preußen durchwateten nun ohne Zeitverlust den tiefen Seitengraben des Dammes, und dran-
gen auf dem letzteren selbst vor, fanden aber dort bald
den ernstlichsten Widerstand. Die Blockhaus-Brücke wurde

*) Dieser und die folgenden Französischen Verse sind aus dem
S. 99 erwähnten Liede.

inzwischen von einem Preußischen Kommando nicht abgebrannt, sondern nur abgedeckt, welches dem feindlichen
Sukkurse aus Stettin den Uebergang über dieselbe möglich machte. Der verabredete gleichzeitige Angriff der Flottille und der Truppen rings um die Stadt begann unter
diesen Umständen natürlich zu spät, um erfolgreich zu sein.
Das Unternehmen scheiterte. Die Angreifenden auf dem
Damme sahen sich bald zwischen zwei Feuern, und mußten
wieder in die Wiesen hinunter, um sich zu retten. Bei
dieser Gelegenheit ergriff vor der feuernden Zollschanze ein
junger Preußischer Offizier das Flügelhorn eines Horni-
sten, und blies unaufhörlich Halt und Vorwärts, bis er
selbst mehrfach verwundet zurückgehen mußte. Todte und
Blessirte gab es an diesem Tage zu Hunderten. Unter
den Gefangenen ward ein Preußischer Hauptmann (Be-
rend) in die Stadt eingebracht, welcher bald an seinen
Wunden starb und mit kriegerischen Ehren von den Franzosen beerdigt wurde. Auch die ferneren Versuche der Preußen, die Zollbrücke durch Kanonaden, und in der Nacht vom
28. April durch Pechkränze zu zerstören, mißlangen. Bei
dem letzteren wurden von etwa 12 Preußen, die das Wa-
gestück unternahmen, 5 gefangen. — Doch oft auch waren die Gefechte glücklich für unsere Landsleute. Ein
Französischer Ausfall auf Finkenwalde am 2. April
wurde kräftig zurückgeworfen; desgleichen ein ähnlicher auf
die Batterieen der Belagerer am 12. Mai, dem Bußtage,
wobei ein Theil des Dorfes Grabow verbrannte, fast die
ganze Garnison ausrückte, und die Preußischen Jäger und
Geschütze vom Tornei bis Bredow sehr thätig waren.
Die Franzosen wurden in die Stadt getrieben, und hatten
gegen 300 Blessirte. Am 27. April wurden in einer heftigen Kanonade am Kesperstiege die Französischen Batterieen völlig zum Schweigen gebracht, so daß, einem

Preußischen Zeitungsberichte zufolge, sie nicht einmal mehr auf
eine Rekognoscirung feuern konnten, die der Preußische
kommandirende General bis unter den Kartätschenschuß
vor ihren Geschützen machte. Am 30. April wurde bei
einem Jägergefecht in der Oberwiek der Branntweinbren-
ner Joh. Rückforth in seinem Hause durch eine Flinten-
kugel getödtet. Eines Abends auch schlugen sich die Franzosen heftig mit einem großen Stapel Baumrinde, den sie
für eine Batterie ansahen.

> Un certain soir dans la prairie
> On crut voir une batterie,
> Soudain on fit vacarme,
> Et l'on repand l'allarme.
> Oh! combien l'on brula d'amorces
> Sur un malheureux tas d'écorce.

Am 8. Juni überbrachte ein Kurier den Befehl des Waf-
fenstillstandes. —

Wir wenden uns zu dem Inneren der Stadt,
und zu der armen Bürgerschaft; und gehen deshalb zurück
zu dem Augenblicke, wo dem Rathe von dem General
Grandeau die ersten Requisitionen vorgelegt wurden (15.
Febr.). Preußen war damals und bis zum 17. März
noch alliirt mit Frankreich. Der Magistrat, nach reif-
licher Ueberlegung seiner Lage, verweigerte daher standhaft
seine Mitwirkung zu jener gewaltsamen Requisition des
Viehes, so wie zu allem, was nicht conventionsmäßig und
gesetzlich war, namentlich also zu allen Lieferungen der
Stadt; und wendete in seiner Noth sich eiligst an Se. Majestät den König und an die Königl. Regierung zu Stargard. Von dort her war indessen keine Abhülfe möglich;
doch wurde das Verfahren des Magistrates von der Regierung gebilligt, und derselbe angewiesen, seinem Ent-
schlusse gemäß, gegen jede Gewalt zu protestiren, sie nie

zu unterstützen, doch sie am Ende ruhig zu leiden. Als
der General Düfresse nun für die wiederholte Requisition
von Zimmerholz, Arzeneimitteln u. dergl. kein Ohr fand:
begann er, 5 Holzhändlern, den Stadträthen und dem
Oberbürgermeister Exekution einzulegen; letzterem 10 Soldaten, 1 Sergeanten und 1 Korporal, die außer der Kost
täglich 12 Gr., 18 Gr. und 1 Thlr, empfingen. Alle
24 Stunden sollte Mannschaft und Zahlung verdoppelt werden. Aehnliche Maaßregeln wiederholten sich häufig in den nächsten Monaten, zur äußersten Belästigung
der getroffenen Familien, und wurden zuletzt zum persön-
lichen Arrest außer dem Hause, der mit vielfachen Drohungen begleitet war, gesteigert. Allein der Magistrat
bewies sowohl in seinen einzelnen Gliedern als gemeinsam
eine so löbliche und unerschöpfliche Ausdauer, daß die Stra-
fen nicht viel fruchteten. Ein Magistratsmitglied schreibt
unter dem 23. Februar 1813 an das Collegium: „Wenn
gleich, da meine Frau sehr krank ist, und die mir gesandten 12 Mann Exekution neben ihrem Zimmer liegen, diese
Maaßregel mir sehr drückend wird; ich auch nicht aus-
drücklich auf Erstattung der mir verursachten Kosten an-
tragen werde: so protestire ich doch auf das aller-
feierlichste dagegen, daß diese Zwangsmittel im minde-
sten Veranlassung geben, daß der Magistrat von seinen
als rechtlich erkannten und von der Regierung bestätigten
Grundsätzen abgehe.“ Ueberhaupt wird, wer die Städtischen
Akten dieser Zeit samt dem darin enthaltenen Französischen
Briefwechsel durchsiehet, dem Magistrate der Stadt das
Zeugniß der Festigkeit, der Klugheit und der redli-
chen Aufopferung für seine Mitbürger nicht ver-
sagen können, sondern mit Achtung vor dessen Benehmen
erfüllt werden. Die Proben der Tüchtigkeit dieser Männer und der mit ihnen verbundenen Bürger sollten jedoch

bald höher gesteigert werden, als am 3. März die von Seiten des Staats hier befindliche Verpflegungs-Commission ihre Leistungen einstellte, und alle Last fortan auf die Stadt selbst fiel; als eine ununterbrochene Reihe von Requisitionen für die Truppen und für die Vertheidigung der Festung erfolgte; als rings um die Stadt Feuer und Axt den Werth von Hunderttausenden vernichtete; als monatlich Summen von 30 bis 40,000 Thlr. gefordert und aller Bitten und Zögerungen ungeachtet, eingetrieben wurden; als die Papiere, aus welchen das Geheimniß des Bürgervermögens ersichtlich war, in Beschlag genommen; Repartitionen vom Gouverneur selbst versucht, und die Bürgermeister, samt andern angesehenen Einwohnern mehrmals und zum Theil unter scharfen Drohungen nach Fortpreußen abgeführt und in enger Haft gehalten wurden. Bei allem dem blieb der Briefwechsel und der persönliche Verkehr mit den Französischen Behörden höflich; und mündliches Gespräch sowohl, als die bedenkliche Lage des Feindes, die auch ihn zur Behutsamkeit nöthigte, dienten, manches Mißverhältniß wieder auszugleichen.

Die Verwüstung der nächsten Umgebungen beider Festen, welche in Stettin am 20. März begann, wurde in den nächsten Monaten durch die Franzosen von Zeit zu Zeit kräftig fortgesetzt, und damit Angst und Elend auf die Bewohner gehäuft. Es wurde zuerst die Unterwiek abgebrochen und abgebrannt, späterhin ein Theil der Oberwiek zerstört, desgl. die Windmühlen, das schöne Velthusensche Gartenhaus, eine Zierde der Stettiner Gegend (20. Aug.), der Tornei (24. Aug.), und was an einzelnen Häusern den Wällen nahe lag; auch der große Kirchhof wurde rafirt, und die hohe Allee vom Anklamer zum Berliner Thore umgehauen. Ein Schreckenstag vor andern war der Charfreitag (16. April), an welchem, nachdem

der Magistrat die Unterwiek, so weit es befohlen war,
hatte abbrechen lassen, der Rest derselben samt einigen Häusern in Grabow plötzlich und ohne alle vorhergehende Anzeige von den Franzosen in Brand gesteckt wurde, wobei
das Feuer die benachbarten großen Vorräthe an Stabholz ergriff und verzehrte, und dadurch einen Schaden
von einigen hunderttausend Thalern verursachte. Die Einwohner flüchteten sich zum Theil auf die in der Oder lie-
genden Flöße. Der General Düfresse versicherte den Oberbürgermeister: „daß dieses Unglück ganz wider seinen
Willen angerichtet sei. Es seien am 16. Morgens aus
einer Französischen Patrouille durch Preußische Jäger
wieder ein Grenadier getödtet, und ein anderer samt einem
Offizier verwundet. Deßhalb sei Befehl gegeben worden,
die Häuser, wo die Jäger sich versteckten, doch nur bis an
die Wohnung des Herrn Couriol, und zwar diese ausgeschlossen, zu verbrennen. Was mehr geschehen, sei gegen
alle Ordre; es gehe ihn sehr nahe, und er schätze sich
glücklich, nicht Schuld daran zu sein." Aehnliche Vor-
postengefechte, welche der Gouverneur erbittert enfantil-
lages (Kindereien) nennet, gaben auch Anlaß zur Zerstörung der Oberwiek. — Daß die Umgebungen einer Festung durch die Vertheidiger rasirt werden, ist Kriegsge-
brauch und Bedürfniß (s. oben S. 22. 42. 81.). In wie
fern die Franzosen mitunter ohne Noth verwüstet haben,
bleibt eine andere Frage. Daß sie jenen großen Brand
anrichteten, daß sie die Bäume des Velthusenschen Gartens
umhieben, und dessen schönes Haus samt dem Tornei zerstörten, fand unter ihnen selbst Gegner.

> Du beau jardin de Velthouse,
> Dont ou aimoit tant la pélouse,
> Arbres il abattit,
> Maisons il détruisit;

Chose vraiment qui nous étonne,
C'est qu'il n'y perdit pas un homme.

On voyoit trois moulins à vent,
Toujours ayant le nez au vent,
Ce nouveau Don Quixotte
Les attaqua de sorte,
Qu'en une nuit ils disparurent,
Et jamais plus ne reparurent.

Auch ist nicht zu leugnen, daß manche Maaßregeln der Franzosen unbesonnen waren, und in's Unwürdige und Lächerliche fielen. So erließ am 17. August der Capitaine Flamand, militairischer Polizeidirektor, einen Befehl: daß, wenn aus einem Bürgerhause ein Soldat desertirte, der Bürger 300 Thlr., und im Fall des Unvermögens, die Stadt 6000 Thlr. zahlen, außerdem aber eine Versiegelung der Papiere, des Wirthes und eine scharfe Untersuchung statt finden sollte. Diese Maaßregel wurde gleich in demselben Schreiben auf 5 Wirthe angewendet, unter denen sich auch 2 sehr alte Schwestern befanden, die in ihrem Häuschen ohne männlichen Schutz wohnten! Die Sache zerfiel natürlich in sich selbst. — Ein andermal wurde, da die unbezahlten Schanzer sich haufenweise vor der Wohnung des Oberbürgermeisters versammelt hatten, ihr Geld zu fordern, und von demselben an den Gouverneur gewiesen waren, dieser Vorfall als Aufruhr behandelt, die Bürgermeister nach Fortpreußen geführt, und auf sie deutend, in einer Bekanntmachung gesagt, daß man der Rädelsführer schon mächtig sei. An den ruhigen Bitten dieser Herren um Vernunft und Untersuchung, scheiterte gleichfalls diese Thorheit. — In den Waffenstillstand fiel der Geburtstag des Königs. Die Einwohner streueten Blumen in die Straßen, schmückten zahlreich die Häuser mit Kränzen, und illuminirten gegen Abend einige derselben. Sogleich

zertrümmerten die Französischen Patrouillen auf Befehl die
erleuchteten Fenster, und Se. Excellenz der Herr Gouverneur schlugen mit höchsteigenen Händen dieselben ein im
Hotel de Prusse, im goldenen Löwen, bei dem Konditor
Regen u. s. w. Am folgenden Tage wurde wegen dieses
Vorfalls der Polizei=Direktor Stolle nach Fort Preußen
abgeführt. Der Geburtstag des Kaisers wurde lärmend
gefeiert.

> A la fête du Roi Prussien
> De Stettin les bons Citoyens
> Se réjouir osèrent.
> Maisons illuminèrent:
> En conscience ils ne-savoient,
> Quel gros péché ils commettoient.
>
> A la main flamberge de bois,
> Bien bonne pour gauler des noix,
> Mon héros en fureur,
> Signala sa valeur.
> Vitres, lampions il fracassa
> Et couvert de suif il rentra.

Auch die Wichtigkeit, mit der manche Sachen behandelt
wurden, machte dieselben lächerlich: so, als am 20. August
die Preußische Kokarde für ein Zeichen der Empörung
im ganzen Umfange des Gouvernements Stettin erklärt
und nur pensionirten Militairs zu tragen erlaubt wurde.
Am 20. August wurde der Polizei=Direktor Stolle samt
einem großen Theile seiner Untergebenen, aus ehrendem
Mißtrauen, durch die Franzosen seines Amtes entlassen, und
die Polizei ganz militairischen Händen anvertraut. — Was
übrigens noch die Verwüstungen betrifft, so haben auch
die lieben Preußen sich wohl nicht ganz rein erhalten. Wenigstens wurde ihnen Schuld gegeben, daß sie, um der Stadt
das Wasser abzuschneiden, — — die alten Wasserleitungen,
die von den Rollbergen aus die Wasserkunst speiseten, zer=

8

stört hätten. Wirklich fand man die Häuser und Röhren
derselben sehr beschädigt.

Eine düstere Seite dieser Belagerung ist die des Hun-
gers, der Seuchen und der Auswanderung. Schon am
27. März fing es an, auf dem Markte an Lebensmitteln zu fehlen, und die Preise stiegen bedeutend. Die
Metze Kartoffel galt 4 gr. Am 14. April schon galt das
Pfund Fleisch 5 — 9 gr., 1 Pfund Butter 1 Thl. bis
1 Thl. 8 gr. Am 22. April wurden die Bestände der Bürger aufgezeichnet. Am 6. Juni schon galt das Rindfleisch
12 gr., ein Huhn 1 Thl. 20 gr., Milch das Quart 10 gr.,
Butter das Pfund 3 Thl., Rocken der Scheffel 4 Thl. 9 gr.,
Weizen 5 Thl. 8 gr. Brod und Semmel gehen den Bäckern
zum Theil schon aus. Am 18. Juni wurde den Schlächtern
geboten, wöchentlich in der ganzen Stadt nur 1 Kuh zu
schlachten, und zwar einen Theil derselben an Kranke, den
anderen an beliebige Käufer, von letzterem jedoch nur ein
Pfund an 1 Familie abzulassen. Vom 18. Juni bis 21.
August indessen wurde nur 4 solcher Kühe zu schlachten
Erlaubniß gegeben; doch wirkte der menschenfreundliche
Medizinal-Rath Häger aus, daß man von Seiten der Belagerer für Kranke etwas Vieh verabfolgte. Am 1. Juli
wurden den Brauern und Brennern die Vorräthe versiegelt.
Tabacks-, Kaffe- und andere Mühlen werden zu Korn-
mühlen eingerichtet. Am 10. August. Man fängt an, Lebensmittel nur tauschweise abzulassen. „Es ist jetzt eine
wahre Kunst eine Hausfrau zu sein und die Mahlzeiten
anzurichten, da alles Fett und die meisten Bedürfnisse fehlen."
23. August. Wer nicht auf 3 Monate Lebensmittel hat,
muß hinaus. — 13. September. Die Soldaten hungern,
kein Hund, keine Katze, Taube, Huhn ist sicher vor
ihnen. — 14. September. Roggen 7 Thl. 8 gr., Weizen
9 Thl., nur Scheffelweise zu haben. Die Bäcker hören

einer nach dem andern auf zu backen. Ein Tischler ersäuft sich aus Mangel. — Den 16. September zum ersten mal wurde den Soldaten Pferdefleisch vertheilt, welches nach Vorschrift des Gouvernements gekocht, und in Talg und Essig mit vielem Pfeffer gebraten werden mußte. Die Suppe davon war als schädlich verboten. Am 6. Oktober waren alle Pferde der Einwohner bis auf 30 verzehrt.— 22. Oktober. „Jetzt kann man sagen, daß die Hungers= noth wüthet. Die Soldaten erhalten nur 12 Unzen Brod; täglich sieht man einige derselben unter dem Schlachthause verkehren, um den Abgang an Gedärmen, der von den geschlachteten Pferden in die Oder geworfen wird, heraus= zufischen und sich zu kochen. Gras, Disteln, Baumblätter werden in Suppe gegessen, und Seihe und Schlämpe mit ein wenig Pferdeblut aufgekocht, gilt für Kraftbrühe." 26. Oktober. „Die Soldaten, um dem Hunger zu entge= hen, erbetteln und ertrotzen in den Häusern ihr Brod, fressen mitunter wie das Vieh gedörrtes Gras, und sterben in Folge dessen zum Theil auf den Posten; ja einige, die der Kräuter nicht kundig sind, gerathen an Schierling, werden rasend, und geben unter heftigen Schmerzen ihren Geist auf." U. s. w.

Seuchen brachte das übermenschlich angestrengte Heer mit aus Rußland. Auch in Stettin verbreiteten sich bald bösartige Nervenfieber, welche Soldaten und Bürger weg= rafften, ohne gerade allgemeine Verheerungen anzurichten. Im Februar rechnete man 1200 Kranke unter der Gar= nison. Als der Gouverneur die Verpflegung seines Laza= rethes von der Stadt forderte, drohete er, die kranken Soldaten zu 30 in die Bürgerwohnungen zu legen, falls seinem Verlangen nicht genügt würde. Mangel, Seuchen und Gefechte bewirkten die ganze Zeit hindurch zahlreiche Auswanderungen, welche von den Franzosen meistens befördert, von den Preußen nicht gehindert wurden. Zu 2, 4, 6, 800 Personen an Einem Tage, zogen die Bedrängten aus, um in den benachbarten Städten und Dörfern die Entscheidung des Kampfes abzuwarten. Da man das Eigenthum nicht gänzlich konnte Preis geben, so wurden die meisten Familien zerrissen: und es war oft ein herzzerschneidender Anblick, Eltern, Kinder und Geschwister von einander scheiden zu sehen. Nach einer im Februar aufgenommenen Seelenliste zählte die Stadt etwa 22,000 Einwohner. Im November hatte sie deren nur noch 6000. 16000 waren ausgewandert!

———

Mit dem 8. Juni trat der Waffenstillstand ein, der jedoch, trotz einer Zusammenkunft des Generals Grandeau mit dem General Tauentzien im Tornei am 9. Juni, die Lage der Franzosen nicht verbesserte; denn Lebensmittel durften ihnen eben so wenig als vorher zugeführt werden, und sie klagten deshalb über Verletzung der Traktate, fabelten von Kriegsgerichten über den General Tauentzien, und peinigten mit Requisitionen die Einwohner nach wie vor. In dieser Zeit erschien der Kronprinz von Schweden als Chef der Nordarmee, persönlich vor der Festung, und nahm es sehr unwillig auf, daß die Franzosen, da er sich zu sehr näherte, eine Granate nach ihm warfen. Aus der Zeit nach dem Wiederbeginn der Feindseligkeiten am 20. August, haben wir Vieles schon im Voraus erwähnt. Leichter wurden die eigentlichen Gefechte, heftiger das Beschießen der Stadt, im Zunehmen blieben Hunger und Auswanderung. Unter den Französischen Truppen zeigte sich Mangel an Disciplin. Auf dem Dammischen See lagen schon seit dem Anfange der Blokade 3 Preußische Wachtschiffe mit Artillerie, Füsilieren und Seeleuten besetzt: die Drossel, 8 Kanonen, Capt. v. Mühlbach; der Adler, Capt. Schmidt; Wachtschiff Colberg, Capt. Schulz; beide letztere zusammen führten 6 Geschütze. Am 5. April gesellten sich zu ihnen 4 Schwedische Kanonenschaluppen unter Capt. Brunerona, deren jede zwei 24-Pfünder trug. Diese Flottille nahm thätigen Antheil an den Gefechten beim Zoll, doch wurden die Schwedischen Fahrzeuge wenige Tage nachher in ihre Heimath berufen, und durch 4 bewaffnete Wolliner Leichterjachten ersetzt. Gegen Ende August erschienen von neuem 6 Schwedische Kanonenschaluppen unter dem Capitaine Krüger, welche Stettin und Damm beschossen, und die Kespersteigschanze gänzlich demolirten, doch selbst auch von den Französischen Geschützen litten. Am 16. Oktober gingen auch sie in ihre Heimath zurück. — Gegen Ende August wurde eine Menge Granaten und Kanonenkugeln in die Stadt geworfen, die zwar hie und da Zerstörungen, doch eben nicht bedeutende anrichteten. In Damm wurde des Kommandanten Zimmer mit allem, was darin war, zertrümmert, während er selbst sich auf den Wällen befand. Als nun der General Grandeau in Stettin sah, daß es Ernst werden wollte, und eilig zur Sicherheit seiner Person sich eine Kasematte einrichten ließ; erhielt er selbst von den Soldaten den Namen: die Kasematte.

> Mais le soldat royant
> Ce démenagement,
> La Casematte le nomina,
> Ma foi le nom lui restera.

Das Schloß samt den Kellereien sollte für die Garnison geräumt werden. Doch blieb es bei der bloßen Anzeige und Besichtigung.

In diese Zeit fielen die glücklichen und ruhmvollen Ereignisse an der Katzbach, bei Beeren, Kulm und Dennewitz. Wie im Mai und Juni den in die Festungen eingesperrten

Ueberresten der großen Armee der Muth sehr gewachsen war;
so schwand er im August und September um so völliger
wieder hin. Die übermächtige Allianz gegen ihren Meister
trat gleich mit Thaten auf, die nichts Gutes verhießen.
Sehr anziehend ist aus diesen Tagen ein Brief des Ge=
nerals Grandeau, weil er einen Blick in das Herz des
Franzosen thun läßt, dem damals nichts schwerer fiel, als
die verhaßten und verachteten Preußen wieder ehren
und fürchten zu lernen; wozu doch ihre Thaten zwan=
gen. Friedrich der Große mußte hier den Vermittler ab=
geben; ihn zu ehren schämte sich kein Franzose, und somit
durfte er die treuen Preußen nur als Enkel und Schüler
des alten Helden ansehen; um seinen Stolz zu beschwich=
tigen und sich mit dem lästigen Gedanken ihrer Tüchtigkeit
allmählig wieder auszusöhnen. Der erwähnte Brief, dessen
Französisches Original sich in den Städtischen Akten befindet,
lautet treu übersetzt in seiner etwas wundersamen Fassung also:

An Herrn Kirstein, Ersten Bürgermeister
    der Stadt Stettin.
              Stettin, den 1sten September 1813.
        Mein Herr Bürgermeister!

Ich habe die Ehre Sie zu benachrichtigen, daß ich mei=
nen Ingenieurs Befehl gegeben habe, sofort Anstalten zu
einer Blendung über die Bildsäule des Großen Frie=
derichs zum machen, um dieselbe vor den Wirkungen eines
Bombardements zu beschützen. Seit einigen Tagen habe
ich mich mit dieser Einrichtung beschäftigt, die in kurzer
Zeit wird vollendet sein. Wenn meine übrigen Arbeiten
mir nicht gestattet haben, meine Blicke früher auf dies
Denkmal zu wenden, so war die Ursache, daß die Gefahren
nie dringend genug gewesen sind, um mich Beschädigungen
desselben fürchten zu lassen. Doch das Andenken eines so
großen Mannes, den jeder Franzose hier verehret, wie ich,

gebietet mir, nichts zu versäumen, daß diese Bildsäule erhalten werde; welche jedermann ins Gedächtniß rufen muß,
was Er für sein Land und für den Ruhm gethan hat,
dessen Werth er erkannte und mit dem er zu wuchern wußte
(et sut le mettre à profit). Sie alle, meine Herren,
sind ihm die lebhafteste Erkenntlichkeit dafür schuldig; und
ich würde mich glücklich schätzen, wenn das Werk, welches
ich angeordnet habe, Ihnen meine Verehrung Seines Andenkens bewiese. Als Er lebte, verbarg Er sich
nicht: doch wenn Er von da, wo Er itzt ruhet, uns
sehen kann, wird Er es nicht übel empfinden, daß ein Krieger, sein Bewunderer, ihn einen Augenblick zu verbergen
sucht, um sein Bild vor jedem Unfalle zu beschützen, und
es der späten Nachwelt zu bewahren, welche, gleich uns,
Ihm Gerechtigkeit wird widerfahren lassen.

Theilen Sie Ihren Untergebenen meine Anordnungen
mit, und eröffnen Sie denselben meine Absicht. Genehmi-
gen Sie, mein Herr, die Versicherung meiner vollkommen-
sten Hochachtung.

Der Divisions-General, Gouverneur,
Baron Grandeau.

Unter den Soldaten der Garnison fand von Anfang
an, zum Theil in Folge einer in der Stadt ausgestreueten
Proklamation an die Holländer, mehr oder minder bedeutende Desertion statt. Zuweilen gingen sie zu 10 und
20 Mann über. Späterhin machte Hunger, Noth und zuletzt wieder das Gerücht von abgeschlossener Capitulation
sie mehrfach ungehorsam und unruhig. Den Gouverneur
scheinen sie fast persönlich angetastet zu haben. Diebstahl
und Einbrüche bei den Bürgern kamen nicht selten vor.
Der Zustand der Truppen erhellet u. a. aus einem Französischen Schreiben vom 14. November, in welchem der
Magistrat, als die Sache sich zu Ende neigte, dem

Gouverneur so bescheiden als freimüthig und dringend, zur Uebergabe räth. — „Wir haben uns erlaubt, mehrmals von dem Elende der Garnison zu sprechen. Ew. Excellenz haben von demselben vielleicht nicht eine so vollkommene Ueberzeugung als wir und unsere Bürger. Wir sehen die Soldaten, die sonst stark und kräftig waren, von Tage zu Tage abmagern, blaß von Ansehen und so schwach, daß sie selbst in den Straßen umfallen. Wir wissen nicht, ob vielleicht ihre Rationen an sich unzureichend sind, sie zu ernähren; oder ob vielleicht unser Klima, die Jahreszeit und die Zusammensetzung dieser Rationen die Ursache sein mögen, daß dieselben nicht hinreichen: gewiß aber ist, daß sie dies nicht thun. Wir sehen also die Soldaten die unverdaulichsten und ungesundesten Sachen aufsuchen und genießen; ja wir sehen sie, troß der strengen Befehle, welche Ew. Excellenz zu geben beliebt haben, in die Häuser umhergehen, um Brod zu betteln, und selbst eindringen, um zu stehlen, und mit Gewalt Lebensmittel und andere Gegenstände zu nehmen. Ein großer Theil unserer Einwohner befindet sich in einer noch verzweifelteren Lage. Am 11. d. M. haben wir die leßte Brodvertheilung an Arme, Kranke und Alte vollzogen. — Es ist in der Stadt gegenwärtig nicht mehr, als ungefähr der fünfte Theil der ehemaligen Bevölkerung, und dennoch haben wir wegen des Mangels an Nahrungsmitteln fast eben so viel Kranke, und mehr Todte noch als sonst. — General! haben Sie Mitleiden mit der unglücklichen Lage, in der wir uns befinden. Sie haben die Pflichten eines braven Kriegers erfüllt, genügen Sie auch denen der Menschlichkeit, und errichten Sie sich in unserem Gedächtniß das würdigste Denkmal eines Helden ꝛc.

Der Magistrat von Stettin.“

Die Schlacht bei Leipzig mit ihren Folgen, hatte

der Garnifon alle Ausficht auf Entfaß benommen. Die
Soldaten und Offiziere die nicht capituliren wollten, waren
verhaftet; man war jetzt willig, den Anmuthungen der
Preußen Gehör zu geben, und am 15. November eröffneten
fich die ernftlichen Unterhandlungen durch eine Conferenz
Französischer und Preußischer Offiziere in dem Salzspeicher.
Am 24. November follten schon Geißeln gewechselt werden,
als die Nachricht eintraf, daß der General Tauentzien die
Ratifikation verweigere. Man einigte fich aufs neue; am
30. wurden die Geißeln ausgetauscht, und der 5te Dezember endlich zum Tage der Uebergabe beftimmt.

Die fämmtlichen während diefer Belagerung erlittenen
Verlufte der Stadt Stettin an Lieferungen und Schäden, werden in einem Berichte des Magiftrates an den
Staatskanzler vom 7. Mai 1814 berechnet auf: 981,435 Thl.
6 fgr. 2⅓ pf., darunter 200,000 Thl. für verbranntes
Stabholz. — In den letzten Tagen des Novembers, da jeder
wieder nach dem Seinigen fich umfah, meldeten fich die Fischer
der Stadt bei dem General Laboiffiere, der, als ein Liebhaber der Fischerei, im Anfange der Blokade alle Netze, 10
große und 14 kleine, 700 Thl. an Werth, genommen, und
felbft mit feinen Soldaten die ganze Zeit über gefischt hatte. Er
wies die Eigenthümer übel ab: fie klagten beim Magiftrate.
Der General, in Stettin der Fischer-General genannt,
behauptete: „er habe die Netze für baares Geld von Französischen Soldaten erkauft, welche diefelben in der Schuß-
weite der Stadt als gute Beute genommen hätten. Endlich legte fich der General von Plötz ins Mittel, die Netze
wurden dem Magiftrate ausgeliefert: die Fischer wollten fie
nicht annehmen. Der Fischer-General hatte bei feiner Abreife
6 Thl. auf diefe Netze deponirt. In der Stettiner Zeitung
vom 5. Nov. fteht diefer Handel fo erzählt: „Der Ge-

neral Laboiffiere, ein ehemaliger Fifcher, hat alle Netze aus=
beffern laffen und die Fifcher gezwungen, zu feinem Ge=
brauche Netze zu stricken. Er stellt Schildwachen am Waffer
aus, die auf jeden unbefugten Fifcher feuern. Die kleinen
Fifche, Ikeleie, verkauft der General den Bürgern die Man=
del zu 5 gr." In wie fern das Bedürfniß der Garnifon
im Spiel war, läßt fich aus diefen Angaben nicht erfehen.

Unter dem 4. Dezember erfolgte an den Oberbürgermei=
fter Kirftein ein Französisches Schreiben des Generals
Grandeau in welchem derfelbe von der Stadt Abschied
nimmt, und welches in mehrfacher Hinficht Mittheilung
verdient.

"Mein Herr!

Die Franzofen verlaffen morgen diese Stadt. Sie find
in diefelbe eingezogen als Sieger, fie gehen hin=
aus als Gefangene. So fpielt oft das Glück, diefer
trügerische Abgott der Krieger, mit ihren Hoffnungen. Be=
vor ich Sie verlaffe, muß ich Ihnen Dank ausfprechen für
das Benehmen, welches Sie in den schwierigen Verhält=
niffen, in denen Sie fich befanden, beobachtet haben. Sie
haben das fehr feltene Talent befeffen, ohne Unterlaß Ihre
gänzliche Ergebenheit an Ihr Vaterland und Ihren Sou=
verain zu beweifen, und zugleich uns die durch die Noth=
wendigkeit gebotenen Opfer zu bringen. In Allem, was
ich gefordert und gethan, habe ich den Umständen weichen
müffen; doch habe ich darum nicht minder mir die Empfindungen
bewahrt, deren ein rechtlicher Mann umfonft verfuchen würde
fich zu entäußern. Möchten fowohl Sie, mein Herr, über=
zeugt fein von der Lauterkeit meiner Grundsätze, als Ihre
Mitbürger. Ich habe die Achtung derfelben zu erwerben
gefucht, und fie werden mir diese bewilligen, wenn fie mein
Benehmen recht gewußt haben zu würdigen u. f. w.

Der ꝛc. Grandeau."

Inhalt der Capitulation: Art. 1. Stettin, Damm und Fort Preußen werden mit allem Kaiserlichen Gut übergeben, wenn nicht bis zum 5. Dezember Entsatz kömmt. Art. 2. Die Garnison zieht mit kriegerischen Ehren aus, streckt das Gewehr, und geht (samt Offizieren) kriegsgefangen auf das rechte Ufer der Weichsel. Art. 6 u. 19. Nichtkombattanten, Krüppel und Frauen gehen nach Frankreich; oder wenn sie wollen, mit den Uebrigen. Art. 13. Verwundete und Kranke bleiben in Stettin und werden gepflegt bis zur Genesung ꝛc. Oberwiek, den 21. November 1813. Düfresse. Berthier. Loffau. Kleist. Genehmigt Güstow, den 22. November 1813. v. Plötz. In wiefern man Nebendinge später noch geändert, ist aus den benutzten Schriften nicht ersichtlich. Auf ein Dankschreiben der Stadt erwiederte der General von Tauentzien: „Ich freue mich innig u. s. w., obgleich ich wohl gewünscht hätte, daß die Bedingungen, unter denen der Feind Stettin verläßt, weniger vortheilhaft für ihn ausgefallen wären.“ Dies mag u. a. wohl auf die Französischen Kommissaires deuten, welche mit ihrem Raube unerleichtert zum großen Aerger der Einwohner davon zogen. Die Französische Garnison bestand am 5. Dezember, zufolge einer schriftlichen Angabe des Gouverneurs an den General v. Plötz, aus: 7 Generalen, 24 Stabsoffizieren, 19 Kapitains, 304 anderen Offizieren und 7280 Unteroffizieren und Gemeinen, im Ganzen aus 7634 Mann. Ingenieurs wurden darunter gezählt 87, Artillerie 511, Kavallerie 36, Offizianten 104 ꝛc. Die Infanterie gehörte theils zum 1sten Armee-Corps, theils zur 31sten Division, theils zu einem Marschbataillon von 724 Mann.

Am 5ten Dezember Morgens 10 Uhr, rückten die Franzosen mit klingendem Spiel aus, — in Ermangelung

der Pferde zogen die Artilleristen selbst ihre Geschütze,
und nachdem sie auf dem Glacis das Gewehr gestreckt,
begann durch das Berliner Thor der feierliche und fröhliche
Einzug der Befreier, welchem der Großkanzler Beyme,
der Präsident von Ingersleben, der General von Stutter-
heim aus Stargard und andere hohe Beamte beiwohnten.
Eine unendliche Menge heimkehrender Ausgewanderter samt
anderen Zuschauer schloß sich dem Zuge an. Am Eingange
der breiten Straße, unter Blumenkränzen und dem Bild-
nisse des Königs, empfingen der Magistrat und die Stadt-
verordneten den Kommandeur des Belagerungs-Corps,
den General von Plötz, welchem, nach einer kurzen
Anrede des Oberbürgermeisters, 12 weißgekleidete junge
Mädchen eine weißseidene Fahne, die auf der einen Seite
den Preußischen, auf der anderen den Russischen Adler trug,
überreichten. Der General stieg vom Pferde, und die
jungen Mädchen schmückten ihn mit einem Lorbeer- und
Myrthenkranz. Blumen streuend gingen sie dem Zuge voraus,
der sich zum Paradeplatz wendete. Unterdessen hatte auch
die Flottille sich in Bewegung gesetzt, um in den Hafen
der eroberten Stadt einzurücken. Nach ausgetheilter Parole
und nach eingenommenem Frühstücke, begab sich der Zug
in die Jakobikirche, wo ein Tedeum, man kann denken mit
welchen Gefühlen, gesungen ward, während alle Glocken
läuteten, und von den Wällen die Kanonen gelöset wurden.
Darauf folgte große Mittagstafel im Casino, Illumination
und allgemeiner Jubel bis an den Morgen. „Wir betrachten
diesen unvergeßlichen Tag,“ heißt es in einem öffentlichen Berichte, „als den glücklichen Anfang unserer Ver-
söhnung mit dem härtesten Schicksal, und ewig denkwürdig
wird er uns und unseren Nachkommen sein.“ Die Aus-
gewanderten strömten auch in den nächsten Tagen und
Wochen auf allen Wegen wieder ein in die entvölkerte Stadt.

Die Freude des Wiedersehens darf man nicht beschreiben. Im Laufe des nächsten Jahres feierte man das große Friedensfest (Pariser Friede 30. Mai 1814) und empfing die aus dem Felde heimkehrenden Söhne. In unerschöpflichen Unterhaltungen konnte man nun die beiderseitigen Erfahrungen austauschen.

Den passendsten Schluß unserer Erzählung werden die Schreiben bilden, welche an dem Tage der Befreiung selbst an Se. Königl. Majestät, und gleichzeitig an des Staatskanzlers Excellenz der Magistrat zu Stettin zu erlassen sich gedrungen fühlte.

Allerdurchlauchtigster, Großmächtigster, Allergnädigster König und Herr!

Das süße Fest der wiedererlangten Freiheit können wir nicht schöner begehen, als indem wir vor Ew. Königl. Majestät glorreichen Thron, den innigsten Dank für den erhaltenen Schutz, und die Versicherung unserer treuesten Anhänglichkeit Ehrerbietungsvoll niederlegen. Je weniger wir im Stande waren, die Anstrengungen unserer Brüder zu dem gerechtesten Kriege des Vaterlandes zu theilen: um so drückender fühlten wir die Fesseln einer fremden, entarteten Herschermacht; und um so freudiger schließen wir uns nach siebenjährigen Leiden an unsere Brüder wieder an. Wenn uns aber auch nicht vergönnt war, die Anstrengungen des Staates in allen Stücken erleichtern zu helfen, so kämpften doch unsere Mitbürger und unsere Söhne in den siegreichen Heeren, und wir selbst haben das süße Gefühl der treusten Liebe und Anhänglichkeit des Unterthanen, welches kein Tyrann weder gebieten noch rauben kann, fest in unserm Busen bewahrt, und dasselbe in den bedrängten Zeiten auch vor dem Feinde an den Tag zu legen nicht gescheuet. Frei überlassen wir uns jetzt diesen heiligen Empfindungen, und werden sie vor Ew. Königl. Majestät dadurch zu bewähren suchen, daß wir dem Wohle des Staates Alles, was wir nur vermögen, unbedingt und mit der größten Freudigkeit darbringen. Mögen Ew. Königl. Majestät angestrengte Bemühungen zur Befreiung des Vaterlandes und zur Verbrüderung des Deutschen Blutes, möge auch der Kampf des Einzelnen nicht unbelohnt bleiben; und nach einem in den Büchern der Geschichte beispiellosen Kriege, die grünende Friedenspalme, den Lorbeerkranz der tapferen Krieger beschattend, die reichsten Segnungen über die entschlummerten, nun auferweckten Kräfte der Nation verbreiten; und auf diese Weise Ew. Königl. Majestät, als Schöpfer unseres Glückes, den herrlichsten Lohn aus treuer Unterthanen Brust empfangen.

Mit der unwandelbarsten Treue und Ehrfurcht ersterben wir   Stettin, den 5ten Dezember 1813.

Ew. Königl. Majestät
allerunterthänigste
Oberbürgermeister, Bürgermeister und Rath.

An des Staatskanzlers Freih. v. Hardenberg Excellenz.
Hochgeborner Freiherr!
Hochgebietender Herr Staatskanzler!

Ein namenlos süßes Gefühl bemächtigt sich unserer bei dem in Wirklichkeit getretenen Austausche der Freiheit gegen eine siebenjährige Knechtschaft, und bei der Wiedervereinigung mit den tapferen Helden des Vaterlandes. Rein und treu uns zu erhalten, war uns die süßeste Pflicht; und dies durch die That zu bewähren unser eifrigstes Bestreben. Ob es uns überall geglückt ist, steht uns nicht zu zu beurtheilen; aber, unbeschreiblich glücklich würden wir sein, wenn wir über unsere Handlungsweise bei einem aus den Schranken der gewöhnlichen Verhältnisse herausgerissenen Wirken, durch die Zufriedenheit Ew. Excellenz und der uns

vorgeſetzten Behörden für jedes erlittene Ungemach tau=
ſendfältig belohnet würden. Da wir eine ſtrenge Ordnung
in dem Geſchäfte von Anfang an zum Augenmerk hatten,
ſo werden wir unſern detaillirten Bericht bald abſtatten
können. Jede neue Thätigkeit in unſern Amtsverhältniſſen
erhebt und ſtärkt uns, und wir fühlen uns neu geſchaffen
u. ſ. w. Stettin, den 5ten Dezember 1813.

Oberbürgermeiſter, Bürgermeiſter und Rath.

Die gnädige Antwort Sr. Majeſtät des Königs, die
lebhaft theilnehmende des Staatskanzlers erfolgten im Laufe
des Dezembers vom Rhein her.

Unter die glücklichen Fügungen darf unſere Stadt wohl
rechnen, daß ſie nach beendigtem Kriege den verſtorbenen
Ober = Präſidenten ꝛc. Dr. Sack, jahrelang in ihrer
Mitte gehabt hat, der als ein Vater der Provinz auch die
Wunden Stettins emſig zu heilen, und namentlich die Ver=
wüſtungen des Krieges durch nützliche und freundliche An=
lagen aller Art den Augen zu entziehen ſuchte. In we=
nigen Jahren ſah man die Umgebungen der Stadt ſo
umgeſchaffen, daß nur dem Kundigen noch die Spuren des
Krieges ſichtbar ſind. So hat denn die alte Bevölkerung
nach wie vor ſich zutraulich auf den Vulkan niedergelaſſen,
der ſo oft ſchon ſeine friedlichen Anwohner beunruhigt,
vertrieben, verſchlungen hat. Nur die Erfahreneren erin=
nert bisweilen wohl der Anblick der Wälle, und der in die
buſchigten Spaziergänge herabſehenden Schießſcharten, an
die alten Tücken: während das aufwachſende Geſchlecht
ſorglos ſich den Segnungen des Friedens überläßt, und
kaum glauben kann, daß die ſtarken Bäume, unter deren
ſchattigen Kronen es ſich jetzo ergehet, vor wenig Jahren erſt
von ſeinen Vätern auf die verödeten Feldern gepflanzet ſind.

Nachtrag.

Erst kurz vor der Vollendung des Druckes sind dem Verfasser über einzelne Belagerungen noch schätzbare Nachrichten zugekommen; insbesondere durch eine Sammlung von einigen 30 Flugschriften, die sich auf die Ereignisse von 1659 und 77 beziehen; darunter ein Lied von 37 Versen auf General Susens Angriff (s. oben S. 29) „Im Thon: Verzage nicht du frommer Christ; oder „Störzebecher und Gädekemichel." General Suse kömmt ins Land, wird an der Oder mit Kugeln begrüßt und spricht: „Was sauſt mir so in meinem Ohr? Es kommt mir hie ganz Schwedisch vor: Iſt das nicht Greifenhagen? u. ſ. w." — In Bezug auf 1676 (ſ. oben S. 30) ſei noch bemerkt: (S. u. a. Copia eines Schreibens aus Stettin vom 16. November 1676. 2 Blätter.) Gouverneur von Stettin war, wie im folgenden Jahre, der General von Wulffen. Gegen 5000 Kugeln wurden in die Stadt geworfen, unter welchen 3000 glühende, die jedoch meist in die Wälle fielen. Allein durch die zahlreichen Ausfälle und täglichen Gefechte verloren angeblich die Belagerer 2000 Mann. Ihr Abzug fiel auf denselben Tag, an welchem sie auch im Jahr 1659 die Belagerung hatten aufgeben müssen, auf den 16. November, daher das seit 17 Jahren an diesem Tage „gewöhnliche Lob- und Dankfest" forthin ein doppeltes wurde, welches man selbst während der neuen Belagerung im Jahr 1677, so gut es anging, feierte.

Berichtigungen.

Zu leſen iſt S. 5, 10 v. u: 1176. S. 20, 19: Sieben. S. 25, 8: allmählig. S. 31, 16: Triebſeeer. S. 35, 21: den 3ten Juli. S. 41, 5: Jämtländer. S. 44, 21: Wutſtrack. S. 73, 10 ſtatt angegriffenen: lange belagerten. S. 92, 9: bis zum Frühjahr 1813 auf. S. 93, 6. v. u: des Marſchalls. S. 106, 11: falloit.